Arthur Ténor

IL S'APPELAIT...
LE SOLDAT INCONNU

FOLIO JUNIOR/**GALLIMARD** JEUNESSE

À Nathalie, ma douceur de vivre

I
Premiers instants de vie

Le 5 avril 1896, quelque part en France.

Le père piétine et trépigne dans la cour de la ferme, depuis plusieurs heures, depuis que l'oncle Edgar est venu le chercher au milieu des betteraves en hurlant : « Émile, Émile ! Il arrive ! » C'est son premier enfant, attendu comme le Messie, d'autant qu'il a été long à venir ! Mais les cierges, allumés en nombre, les prières récitées avec foi et l'intervention magnétique du rebouteux ont fini par avoir raison de cette satanée guigne !

Un cri, celui du premier souffle, retentit dans la maison. Émile se fige, le regard fixé sur la porte derrière laquelle s'activent les femmes. Ses grosses moustaches noires frémissent et ses mains solides de paysan tremblent légèrement dans les poches de sa culotte. Ce hurlement avait une tonalité très... comment dire ? très franche. Puissante et claire, ce qui est des plus rassurants. Émile échange un bref sourire avec son père qui vient à l'instant d'accéder au vénérable statut de *pépé*.

Une angoisse saisit soudain le tout nouveau papa.

– Et si c'était une fille ?

– Et alors ? réplique le tout nouveau grand-père.

Comme ça, elle ira pas à la guerre ! Mais elle fera plein de marmots, et le bon Dieu sera content.

Émile soupire en se disant que, fille ou garçon, ce sera de toute façon le plus beau bébé du monde, et que même s'il doit rester son unique descendance, on s'en contentera pourvu qu'il soit en pleine santé et digne de son nom. La porte qui s'ouvre enfin le fait tressaillir. Tante Camille, l'épouse d'Edgar, une matrone au tour de taille aussi fort que son caractère, annonce :

– Eh bien, l'Émile, t'as réussi ton coup… (Elle fait durer malicieusement le suspense.) C'est un gars !

Le père se frotte les mains, enlace et presse son frère contre sa poitrine, embrasse son père en riant, s'empare de la main que lui tend son commis, et la secoue comme s'il battait le beurre.

– Hé, hé ! Ho, ho !

Il rit autant de nervosité que de bonheur en franchissant le seuil de sa demeure. Dans la grande salle à manger, cousines, tantes et mères-grand affichent soulagement et bonne humeur, comme après une bataille rude mais victorieuse. Émile se tient près de la longue table comme un empoté.

– Regardez-le, le père, on dirait un grand nigaud ! le taquine-t-on. Eh ben, allez ! Va la voir, ta femme ! Et ton petiot ! Ce qu'il est mignon ! Y ressemble à sa mère.

L'heureux géniteur, tripotant sa casquette entre ses gros doigts calleux, pénètre dans la chambre conjugale où règne une douce pénombre. La maman a visiblement beaucoup transpiré, mais pour un résultat qui la comble de satisfaction. Elle serre contre sa poitrine généreuse un poupon fripé aux yeux clos, le plus beau bébé du monde. Émile s'approche, pose un baiser sur le front humide de son épouse, puis approche deux mains hésitantes vers le petit.

– Je peux ? demande-t-il.

Joséphine lui tend son fils comme une offrande.

– Nom de Dieu, l'est pas lourd, le ch'tit asticot ! s'exclame-t-il.

Il se fait aussitôt rabrouer, gentiment mais fermement, par sa propre mère qu'il faudra désormais appeler *mémé* :

– Dis donc, Émile, c'est comme ça que je t'ai appris à parler ?

– Hein ? Bon sang de bois, l'est pas lourd le ch'tit asticot ! rectifie le fermier.

– Je préfère.

Le père agite son index devant le nez rose de son François, en chantant « Coucou ! Gazou, gazou ! » avec une tendre admiration.

– Dire que ça va donner un grand gaillard comme moi, cette petite chose, soupire-t-il. Et qu'un jour ça fera aussi des ch'tits asticots, et qu'on m'appellera pépé. Nom de Dieu... heu... Bon sang de bois ! C'est t'y pas beau, quand même !

2

Premiers pas prometteurs

Nourri au bon lait maternel, puis à la saine bouillie fermière, puis à la soupe grasse de mémé, le *ch'tit asticot* pousse vite. Il devient en quelques années un garçonnet vigoureux et curieux de tout, qui goûte les crottes de bique...

– François ! Lâche ça ! Caca !

Qui bascule dans l'abreuvoir au contenu hautement intrigant...

– Bon sang de bois, François, tu crois que c'est une heure pour se noyer ?

Qui observe perplexe, l'Arsène (le taureau du voisin) « s'amuser » avec la Pâquerette (la vache à lait de la famille)...

– François, va jouer ailleurs !

Bref, il grandit, s'instruit sur les choses de la vie et un jour fait une grande découverte.

– Dis pépé, tu fais quoi là ? demande-t-il.

Il a huit ans et presque toutes ses dents.

– Ben, ça se voit pas ? Je fais un bonhomme.

Pépé est assis sur le banc de pierre, contre le mur de la grange. Avec son couteau à tout faire, même à se curer

11

les ongles, il fait sauter à coups vifs de petits copeaux arrachés à une bûchette de charme.

— Tu vois, ce bois-là, explique le vieil homme en tapotant de sa lame le morceau grossièrement sculpté, l'est dur comme ta tête. Avec, on peut faire des manches de bêche… ou de martinet.

François prend un air effrayé. Pépé sourit.

— Pas de panique, mon petit, dans la famille on n'en a pas besoin, de martinet. La fessée main nue, ça marche aussi bien.

François se frotte machinalement le postérieur, se rappelant sa dernière bêtise, quand il a mis à sécher avec les crottins de chèvre, des crottins de Mathurin, le cheval de trait.

— C'est un bonhomme comment, que tu fais ? questionne-t-il.

Pépé hausse les épaules.

— Ben, un bonhomme de bois. On dira que c'est un gendarme ! C'est pour le ch'tit du voisin qui s'est cassé la patte en jouant à l'aviateur.

— Ah ? Et je peux en avoir un, moi aussi ?

— C'est prévu ! Mais toi, je te ferai un général ! D'accord ?

François approuve vigoureusement de la tête. Puis il reste pour observer le travail de sculpture de pépé. C'est fascinant, et déjà naît en lui une vocation.

— Quand tu seras un peu plus grand que trois pommes, je t'apprendrai à tailler le bois, annonce le grand-père, satisfait que sa descendance partage déjà son goût pour la sculpture sur bois.

Deux ans plus tard, la veille du 1er octobre, François se couche sans se douter qu'il fera le lendemain la seconde plus merveilleuse découverte de son enfance. Ce n'est donc pas pour cela qu'il se glisse sous ses couvertures en pensant : « Youpi ! » S'il est plus joyeux que d'ordinaire, c'est parce que demain sera un grand jour, celui de la rentrée des classes !

Il est vrai qu'après dix semaines de vacances passées à curer les écuries, à porter des bidons d'eau ou à patauger dans le caca d'Alphonse, le cochon de Noël... Ouf ! Il était temps ! Nouveauté cette année, l'instituteur a changé. L'autre est parti en retraite, et il paraît que celui qui le remplace est un jeune beaucoup moins sévère. « Chouette ! se dit François tout excité en se retournant dans son lit. Au moins, il ne postillonnera pas, celui-là », songe-t-il encore. Il essaie d'imaginer cette rentrée... Il va retrouver ses copains, dont Gustave, ce bon gros fidèle Gustave, le fils du boucher au nez rouge. Il va apprendre des tas de choses sur des pays tellement lointains qu'il paraît qu'on ne peut y aller qu'en montgolfière... d'après Justinien, monsieur *Je-sais-tout* et très fier d'être le rejeton du notaire. Et puis François se dit que ce sera le retour des notes... Aïe ! Et les devoirs... Aïe ! Aïe ! Mais aussi les bagarres avec ceux du bourg qui se font appeler les Branquignoles, lesquels surnomment ceux de la campagne les Pieds Nickelés... Ouille ! François grimace. Ça, à la limite, ce n'est pas fait pour lui déplaire. « Fiche des pignées » se révèle souvent très amusant. Il s'endort sur des rêves de *pignées* et de redditions de l'ennemi.

A l'aube, papa réveille énergiquement son garçon :
– Debout là-dedans !
Émile ne se charge de cette tâche qu'une fois l'an, pour la rentrée scolaire. François se dresse sur son lit et fait le salut militaire.

– Allez, mauvaise troupe ! Petit déjeuner et toilette obligatoire, et attention, on passe derrière les oreilles !

Disciplinée, la *mauvaise troupe* emboîte le pas au général Émile.

– Une, deux ! Une, deux !

Dans la cuisine, maman accueille son héros avec un tendre sourire. Rapide embrassade, bisou à pépé, câlin express à mémé et c'est l'attaque. A jour exceptionnel, menu exceptionnel : Phoscao, tartine beurrée et confiture de tante Camille.

– Hum, ché bon !

L'affaire expédiée, François retourne au pas de charge dans sa chambrette, se lave derrière les oreilles – des fois que le général vérifierait – puis saute dans sa culotte courte bleu horizon. Il enfile sa blouse noire boutonnée sur le côté, attrape sa musette, chausse ses galoches… C'est parti pour trois kilomètres en charrette avec le général qui tient énormément à ce que son fiston prenne très au sérieux l'année scolaire qui commence. A l'approche du bourg, François sent son cœur se serrer. Il lève discrètement les yeux vers son père qui, sans baisser le nez, tourne un regard inquiet vers son fils. Celui-ci aurait presque envie de pleurer, mais comme pépé l'a dit l'autre jour : « Un homme, ça pleure pas ! » Il a tout de même nuancé « sauf quand ça épluche des oignons ». Sur quoi mémé a ajouté d'un air bougon : « Mais ça épluche jamais les oignons, les hommes ! »

La charrette s'arrête à l'entrée du village, l'école est au bout de la rue. On voit des parents tenant des enfants par la main, dont certains sont en larmes.

– Voilà, tu y es, mon gars ! Bonne journée !

– Tu… tu viens pas ? s'inquiète François.

Émile se racle la gorge.

– Un homme, ça n'a pas besoin d'être accompagné, déclare-t-il. T'es un homme, oui ou non ?

Le garçonnet approuve mollement et pense : « Un petit alors. »

L'approche de l'école communale se fait à pas hésitants. François se retourne une fois ou deux. Son père le regarde et lui sourit. L'enfant lui adresse un petit signe de la main, puis s'élance. Et ce sont les retrouvailles avec les copains ! Les deux camps ennemis se scindent déjà. Alphonse, pas le cochon, le chef des Branquignoles qui est aussi le plus grand de sa bande, fait le malin avec des sourires en coin. Les Pieds Nickelés n'ont pas encore de chef, mais François se dit que ça pourrait bien le tenter Seul problème : il ne trouve pas ses biceps assez impressionnants… pas encore.

Gustave le bouscule du coude.

– Eh, François, t'as vu la fille du nouveau maître ? demande-t-il en désignant une gamine de leur âge.

Elle se tient sur l'une des marches du perron de l'école. Timide, s'efforçant de sourire, quelques taches de rousseur sur le nez, deux couettes châtain clair rigolotes et de grands yeux noisette…

François tombe amoureux sur-le-champ.

3
Stratagème pour une rencontre

Elle s'appelle Lucie. Sa mère est l'institutrice de l'école des filles et donc la femme du nouveau maître. François est content de lui, car il a appris tout cela en moins de cinq minutes. Maintenant, il se demande comment il va pouvoir se faire remarquer d'elle : l'aborder en marchant sur les mains ? jouer de la mandoline sous sa fenêtre… ? La cloche de l'école le tire brusquement de ses réflexions. C'est l'heure du rassemblement, en rang par deux, on se prend la main, on se tait, on se tient droit… Dans un silence respectueux, un tantinet craintif, les élèves dévisagent leur instituteur qui passe sa troupe en revue. Il semble avoir déjà repéré le garnement, le distrait, le simplet, le premier de la classe et… François dont le regard vif a accroché le sien. L'homme est visiblement fier d'être un « hussard noir de la République[1] ». Il porte une jolie chaîne de montre en demi-cercle sur son cœur. Il a les yeux noisette… comme Lucie. Premier signe distinctif qui sera vite singé : il fait régulièrement bouger sa fine moustache, comme si une plume lui chatouillait le nez.

1. L'expression « hussard noir de la République » fut employée par Charles Péguy pour qualifier le personnel enseignant de l'école primaire.

– Avancez, ordonne-t-il d'une voix douce.

François lui accorde un bon point. Le maître des années passées hurlait : « Entrez, mauvaises graines ! » puis il ajoutait, même si personne ne parlait : « Et en silence ! » Dans la vaste pièce aux grandes fenêtres, le rang se disloque. On entend quelques rires et chuchotements, tandis que les élèves se précipitent sur les portemanteaux pour tomber pèlerines et bérets. François est le premier à s'asseoir, au fond, à côté du poêle à charbon. Au tableau, la morale du jour est déjà écrite : « Plus fait douceur que violence. » François échange avec Alphonse un petit sourire pincé signifiant : « On vérifie ça à la récré. »

Mais à la récréation, François néglige les retrouvailles musclées avec le chef des Branquignoles, car il a aperçu dans la cour des filles, mitoyenne de celle des garçons, la jolie Lucie. Elle a l'air réservée, calme... Quelqu'un donne une tape amicale sur l'épaule de l'observateur.

– Dis, François, tu viens jouer aux billes ?

Surprise ! C'est Alphonse. Les deux garçons se dévisagent en se souvenant qu'un dimanche après la messe, pendant les vacances, ils avaient commencé une partie qui s'était achevée en pignée. Tout à coup, François a une super idée...

– D'accord !

A la troisième bille lancée, il attaque. Ouille ! Aïe ! Les deux bagarreurs roulent dans la poussière sous les cris des autres élèves qui adorent ce genre de spectacle. L'intervention du maître ne se fait pas attendre. Il sépare les belligérants par un bras en criant :

– Arrêtez ça, voyous !

– C'est pas moi, m'sieur, c'est lui ! se défend Alphonse.

– Je vous promets une punition dont vous vous souviendrez, et pour commencer ce sera le piquet toute la journée !

François fait une légère grimace ; son but est atteint, mais à quel prix !

En fin de journée, après la classe, François va voir M. l'instituteur pour s'excuser de sa vilaine conduite. Le temps d'expliquer l'affaire, d'avouer qu'il est fautif, qu'entre lui et ce « cochon d'Alphonse, y' a comme une différence... » Un différend, rectifie le maître... Bref, si l'on ajoute une minute encore pour se faire pardonner, Lucie ne devrait plus être loin puisqu'elle habite forcément à l'école.

— C'est bon, tu peux rentrer chez toi, mais ne recommence plus ! fait le maître, satisfait et compréhensif.

— Juré, m'sieur ! s'exclame François.

Il sort de la classe, marche vers la sortie le cœur battant. La porte s'ouvre brusquement et Lucie surgit dans le couloir.

— Oh ! fait-elle, toute surprise.

François sourit, sidéré par l'efficacité de son stratagème. Mais voilà qu'à présent sa gorge est si nouée qu'aucune parole n'arrive à sortir.

— Bonjour, le salue la fillette.

— Bonjour, parvient enfin à articuler le garçon, les pommettes rouges et la chevelure ébouriffée comme s'il venait de piquer un cent mètres.

-- Qu'est-ce que tu fais là ?

— Ben...

Elle le considère avec une petite lueur dans les yeux qui laisse penser qu'elle le trouve rigolo.

— Je m'appelle Lucie.

— Moi, c'est François.

Le père sort de sa classe.

– Et alors, François, tu es encore là ?

– Non, maître, je... enfin, presque.

Lucie pouffe. Le maladroit s'enfuit, rouge de confusion, vert de honte, se mordant le poing, persuadé d'être passé pour un niais.

4
Le cadeau

« Il faut que je me rattrape », ne cesse de se répéter François sur le chemin du retour. Mais son imagination a beau tourner à plein régime, il n'entrevoit pas la moindre idée. Si bien qu'il arrive à la ferme le moral au plus bas, la mine aussi maussade qu'un jour de pluie. Dans la cour, il croise son grand-père qui marche de plus en plus lourdement, courbé sur sa canne. En l'embrassant, il reçoit enfin la révélation qui l'aidera à résoudre son problème.

– Dis, pépé, tu pourrais me montrer comment sculpter un truc ?

– Un *truc* ? répète le vieil homme, perplexe.

– Je veux dire quelque chose, quoi.

– C'est déjà plus clair. Et quel genre de chose ?

– Je sais pas. C'est pour…

Son petit-fils l'attrape par le cou et lui chuchote la suite à l'oreille.

– Une fille ? s'exclame bien fort le vieux farceur.

– Chuuut !

Joséphine approche, tenant les coins de son tablier dans lequel elle transporte les graines pour les poules.

– Alors, François, cette rentrée ?

– C'était très bien. Le nouveau maître est très gentil.

21

– Tu as été sage, j'espère ?

– Oh oui, maman !

Joséphine partie, le fiston amoureux renouvelle sa demande à son grand-père. Il est temps, maintenant, d'autant que le pauvre homme souffre d'arthrose et ne peut plus guère travailler le bois. Il hésite, mais ne résiste pas longtemps au bombardement de suppliques du garçon.

– Surtout, tiens ta langue, recommande-t-il. Ton père, il n'aimerait pas que je t'apprenne à jouer du couteau.

François jure la main sur le cœur. Donc, tels deux copains qui viennent de trouver une bêtise à faire, ils gagnent la soupente où est entreposé le bois de chauffage. Ils choisissent ensemble un morceau de charme, puis s'installent chacun sur un tabouret à trois pieds. La leçon peut commencer.

– Voyons… hum, qu'est-ce qu'on va faire ? s'interroge l'aïeul en se caressant le menton.

– Un truc à fille, suggère l'apprenti sculpteur.

– Un battoir à linge…

François hausse les épaules.

– Une toupie ?

– Mais non, pépé, c'est un jouet de gars, ça !

– Ou alors… Donne-moi un crayon et quèqu'chose pour écrire dessus.

François saute sur son cartable pour lui tendre une feuille de cahier. En quelques traits assez habiles, le vieil homme dessine son idée. François fronce les sourcils.

– Tu crois que ça va lui plaire ? s'inquiète-t-il.

Il faut dire que la chose est un peu difficile à identifier.

– Mais voui !

François se met à la tâche.

Une dizaine de leçons et trois coupures sans gravité plus tard, l'apprenti sculpteur parvient à tailler un objet dont il n'est finalement pas mécontent. Il l'emballe dans un joli papier illustré, en fait une page du journal *Miroir*, et le glisse dans sa sacoche. Demain sera donc un grand jour, mais comment va-t-il offrir son cadeau ? Il ne peut tout de même pas provoquer une seconde bagarre ? Il décide d'y réfléchir au lit, après le dîner, et toute la nuit s'il le faut ! Cinq minutes après s'être couché, il est déjà au pays fabuleux des enfants heureux.

Au réveil, il pense avoir trouvé une idée. Il va s'adjoindre une complicité : *la* Renée Tranchon, sœur de Gaston, lui-même cousin de Jean qui est un copain d'Albert...

– Oui, bon, c'est pas gagné, se dit-il à voix haute tout en se lavant derrière les oreilles.

Mais sa détermination d'amoureux en herbe est telle qu'il serait capable d'aller voir directement Lucie et de lui donner son présent comme ça : « Tiens, c'est pour toi ! »

En fin de compte, c'est exactement ce qu'il fait, peu avant l'entrée en classe. Sitôt l'exploit accompli, il s'enfuit comme s'il venait de tirer une sonnette. Quelle chance ! Il l'a vue sortir de la cour des garçons pour se rendre dans celle des filles. Il a couru, l'a dépassée, a fait une volte-face serrée en dérapant sur la terre poussiéreuse. Ouverture du sac, sortie du cadeau.

– Tiens, c'est pour toi !

Le tour est joué !

Le cœur battant, il retourne auprès de ses camarades en train de se mettre en rang devant le perron de l'école des garçons. M. l'instituteur fixe le retardataire d'un œil bizarre, à croire qu'il l'a aperçu à l'instant interpeller sa fille.

– Avancez, en silence, s'il vous plaît !

La journée se déroule sans rien de particulier à signaler. Déçu, presque triste, François reprend le chemin de la ferme. Il n'a pas croisé son amoureuse et cela le désole. Ce sera sûrement pour demain. Mais soudain, une fille surgit devant lui au coin de la maison du boulanger.

– Bonjour, François !

Tétanisé, l'air ahuri, le garçon fixe l'apparition.

– C'est gentil de m'avoir fait un cadeau, reprend-elle.

Entre ses doigts, elle examine une sorte de boîte, sans couvercle, creusée dans la longueur avec deux compartiments.

– On dirait une auge à cochons miniature, déclare-t-elle. C'est quoi ?

– Un plumier, articule François.

– Ah oui ?

Elle le dévisage. Ses yeux aux longs cils sont comme deux pierres précieuses noisette et luisantes.

– Merci ! Tiens, c'est pour toi.

Elle lui tend un livre illustré : *La Semaine de Suzette* qui raconte les histoires de Bécassine. C'est nouveau, ça vient de sortir. François rosit d'émotion. Lucie s'éclipse en riant. Un merle moqueur sur un mur lance un sifflet. Soupir. Cette année scolaire s'annonce mer-vei-lleu-se !

5
La guerre des Bouses

Sur le chemin vicinal qui le ramène chez lui, à travers prés et champs de pommes de terre, François sautille en chantonnant. Le temps est gris et il ne va sûrement pas tarder à pleuvoir, mais dans son cœur c'est le grand beau temps. Pourtant, un nuage assombrit tout à coup son humeur : plus loin à droite, Alphonse et deux de ses Branquignoles, Lucien et Claude, traversent d'un pas rapide une prairie où paissent de paisibles vaches. Ils viennent vers lui avec des intentions assurément hostiles. François se demande s'il doit partir au galop ou rester calme, tel un menhir dans la tempête, pour affronter leurs quolibets. Refusant de passer pour un lâche, il opte pour la seconde attitude.

– Eh, le bouseux ! Tu rentres chez toi ? l'interpelle Alphonse. T'as pas oublié quelque chose ?

François fait celui qui n'a rien entendu. Il marche en allongeant le pas, le regard droit, tandis que les trois garnements le suivent de l'autre côté de la clôture.

– Regarde, tes copines t'ont préparé ton quatre-heures ! lance Alphonse.

Le garçon éclate de rire en désignant une bouse de vache étalée dans l'herbe. Il se baisse, sort de son car-

25

table un double décimètre en bois. Claude et Lucien l'imitent aussitôt en ricanant bêtement. Alors commence un copieux bombardement.

– Tiens, François, mange ta tartine de caca ! lance Alphonse.

La victime se protège la tête d'un bras, se débarrasse des déjections engluées dans ses cheveux. Il court, tombe en s'écorchant un genou, échappe finalement aux agresseurs qui sautent de joie comme s'ils venaient de remporter une glorieuse victoire, alors qu'elle n'est que miteuse.

Humilié et souillé, François laisse échapper quelques larmes. Mais très vite il se reprend, songeant que la vengeance sera à la hauteur de l'affront : nauséabonde. Puis il lâche entre ses dents :

– Ça va saigner !

Après un passage obligé par l'abreuvoir pour faire disparaître les traces de l'agression, il retrouve sa mère et sa grand-mère à la cuisine. L'énorme tartine de beurre et le bol de chicorée du goûter engloutis, il file voir son grand-père qui donne à manger aux lapins derrière la maison.

– Ah, mon galopin préféré ! lance le vieil homme en apercevant sa descendance.

– Dis, pépé, j'aurais besoin d'un petit service.

– Hummm, je t'écoute, répond le grand-père en prenant un air sérieux.

– C'est au sujet de Lucie…

– Hé ! Hé !

François baisse les yeux en rougissant.

– Ce serait bien si elle venait ici un jour, jouer avec moi.

– Ce serait bien, oui, et alors ?

– Un dimanche, par exemple.

– Moui.

– Je pensais que si papa invitait monsieur l'instituteur à manger, après la messe, eh bien... Mais faudrait pas que ce soit moi qui lui demande, tu comprends, il se poserait des questions. Donc, je me suis dit que si tu demandais à mémé de demander à maman de demander à papa... Enfin bref, tu vois ce que je veux dire ?

Pépé ébouriffe la tignasse de son petit-fils et répond :

– T'es un sacré bon Diou de malin, toi !

Le ravissement se lit sur son visage de vieillard.

François repart, confiant sur ce point. Reste à organiser la prochaine bataille de la guerre des Bouses. Pour cela, il fera appel à ses deux meilleurs copains de classe, le fils du boucher, Gustave : grand, gros, costaud, bon comme du bon pain à condition qu'on ne l'appelle pas « Gros plein de soupe ! » comme s'y risquent souvent les Branquignoles. Le second se prénomme Justinien, c'est le petit à lunettes de la classe. Pas méchant, mais faut pas s'y fier, son coup de sabot dans les tibias est redoutable.

Les détails de l'affaire sont mis au point sous le préau, pendant les récréations, avec de longues séances de chuchotements qui font deviner aux Branquignoles qu'un coup fourré se prépare. Ils n'**ont p**as tort, mais ne verront pas venir l'attaque qui se produit le jeudi suivant, jour sans école, aux premières heures de l'après-midi.

Alphonse et ses trois copains ont décidé d'aller pêcher dans la petite rivière qui coule non loin du village. En fait de pêche, il s'agit surtout pour ces garçons un peu turbulents de jouer au concours de la bêtise la plus drôle. Ils commencent par attraper le petit frère de la cousine de M. le curé, pour lui faire manger des vers de terre.

Les hurlements de goret du gamin les obligent à renoncer assez vite. Nouvelle idée : aller courir dans un champ après des vaches laitières ; l'arrivée du paysan les fait fuir. Essoufflés, mais contents d'eux, ils retournent au bord de la rivière pour faire des ricochets sur l'eau avec des pierres plates. C'est là qu'ils tombent dans une embuscade. Alphonse entend un craquement de brindille derrière lui. Il se retourne et voit fondre vers son visage une grosse masse ronde et marron... une bouse de vache !

– Peuh ! Pfft ! Beurk !

Ses copains n'ont pas davantage le temps de réagir qu'une pluie de projectiles enveloppés dans du papier s'abat sur eux. Ils font ce qu'ils peuvent pour se protéger des deux bras, sans grand succès. Les rires et les insultes résonnent dans la petite vallée où coule paisiblement l'onde claire. Puis l'un des agresseurs s'écrie :

– Au bain !

Mains en avant, François et ses deux complices bousculent les Branquignoles qui finissent dans l'eau.

– Chalauds !... On vous fera... la peau ! gargouille Alphonse en recrachant l'eau de la rivière, heureusement peu profonde.

Les assaillants rigolent et achèvent la troupe ennemie par un ultime pilonnage. Fin de la seconde bataille. La prochaine devrait être encore plus musclée.

6

Premiers émois

De retour à la ferme, en fin d'après-midi, François apprend une formidable nouvelle :

– Monsieur l'instituteur et sa famille viendront prendre le café dimanche.

– C'est vrai ? Yahou-ou-ou ! hurle le garçon comme un louveteau.

– Mais oui, confirme sa mère, étonnée de la réaction de son fils.

Et le voici qui sort de la cuisine en dansant comme un Mohican.

– L'est ben fou-fou des fois, c'gamın, fait mémé sans lever le nez de sa dentelle.

L'heureux comploteur va embrasser pépé pour le remercier de son efficace intervention. Le soir, il s'endort avec un sourire d'ange. Il y a des jours comme ça...

Le dimanche suivant, donc, le couple d'enseignants et leur fille se présentent à la ferme, en voiture ! Au début, tout le monde est sérieux et drôlement poli :

– Bonjour, monsieur l'instituteur, fait le paternel, tout godiche avec son béret à la main.

– Bonjour, madame.

– Bonjour, mademoiselle.

– Bonjour, monsieur, bonjour, madame…

Cela dure un moment, pendant lequel François et Lucie prennent des airs d'enfants modèles, se sourient, rougissent, regardent leurs parents, se regardent…

– Allez, la compagnie, faut pas le laisser refroidir, ce café ! lance le père avec sa bonhomie coutumière.

On rit sans éclat, on se fait des compliments, on discute des enfants, mais les enfants justement n'ont qu'une idée, quitter la table pour aller jouer dehors. François hésite interminablement, puis enfin se décide :

– Maman, est-ce que je peux emmener Lucie voir les agneaux ?

– Mais oui, répond Joséphine, allez jouer… enfin, si monsieur l'instituteur et sa dame sont d'accord.

– Bien sûr ! répond le maître d'école avec un sourire. Et profites-en, ma fille, pour apprendre des choses sur la vie à la ferme.

Les enfants quittent leur chaise, puis la grande pièce sans hâte, mais dès le perron franchi, c'est la course !

– Pfou ! Je me demandais si on allait être obligés de rester assis tout l'après-midi ! s'exclame Lucie, essoufflée.

– Moi, je me demandais si ça t'intéressait vraiment les agneaux, s'inquiète François.

– Oh oui ! Et puis, tu me montreras les cochons, les lapins…

– Les poules et les dindons, aussi, si tu veux.

– Oh oui, et les vaches !

– Bon ben alors, y' a pas de temps à perdre.

Le garçon avance la main pour prendre celle de sa jeune amie, mais la timidité retient son geste.

Cette ferme est un enchantement pour Lucie qui en a

pourtant déjà visité plus d'une. Mais celle-ci n'est pas comme les autres. Les lapins ont l'œil plus brillant, les bovins ont l'air de sourire en vous regardant, les poussins sont plus rigolos que partout ailleurs au monde... Tout cela, sans doute parce que François a entrepris de présenter les animaux comme des compagnons doués d'intelligence.

– Lui, c'est Alphonse, une sacrée tête de mule, bête mais pas méchant.

Dans l'enclos de sa porcherie, l'énorme verrat sort le groin de son auge pour considérer les deux humains, tout en mâchant les trognons de pomme de son déjeuner. François prend une grosse voix comme s'il parlait à sa place :

– Tiens, chalut Franchois, gron, gron ! Tu veux un peu de ma soupe ?

Lucie pouffe en se détournant, écœurée par les filets de bave qui pendent de la bouche du porc.

– Tu n'as pas quelque chose de moins répugnant à me montrer ? demande-t-elle.

– Si, mon atelier de menuiserie.

Fier comme un dindon, François lui fait découvrir dans la remise l'établi que son grand-père lui a aménagé en face du sien. Plusieurs objets de bois clair, de forme allongée, sont en cours de finition.

– C'est quoi ? interroge Lucie.

– Des fusils. Celui-là est terminé, ce sera le mien.

Il lui montre une réplique fort réussie d'une arme de guerre. Pourtant, sa compagne n'a pas l'air de trouver cela de très bon goût.

– C'est bien un jouet de garçon, soupire-t-elle. Pourquoi tu en as fait quatre ? Tu comptes organiser un défilé avec tes copains ?

– Non. Alphonse et les Branquignoles nous ont déclaré la guerre. Jusque-là, on s'est juste balancé des bouses de vache à la figure mais, le prochain coup, nous, les Pieds Nickelés, c'est comme ça qu'ils nous appellent...

– Je sais.

– Eh bien, j'ai décidé qu'on sortira l'artillerie lourde Si tu veux, tu pourras venir assister à la bataille. Je te dirai où ça se passera quand on le saura.

– Non, merci, je préfère les jeux de fille.

Un peu décontenancé, François hausse les épaules en regardant son fusil de bois. Puis tout à coup, il propose à son amie d'aller jouer dans la grange où sont entreposées des montagnes de foin.

Là, c'est le bonheur absolu : chutes, plongeons, roulades, batailles de paille... jusqu'à épuisement.

– Pfou-ou !

François se laisse une dernière fois choir en arrière, bras en croix. Lucie vient s'asseoir à côté de lui. Ils restent quelques secondes sans rien dire, échangeant un sourire, un regard complice. Le cœur du garçon se met alors à battre plus fort, beaucoup plus fort. Car il vient d'avoir une idée, plus exactement une envie. Son attention s'est fixée sur les lèvres roses et si joliment dessinées de Lucie. Il voudrait bien y déposer un baiser d'amoureux, comme il en a vu un en photo dans un magazine. Mais comment faire ? Impossible de demander : « Dis, tu veux bien que je t'embrasse sur la bouche ? » Se jeter sur elle, ce serait faire comme Alphonse quand papa lui vide un seau d'épluchures dans son auge. Quant à ruser... Pourquoi pas ?

– L'autre jour, j'ai vu un truc marrant chez le père Buret.

– L'épicier ?

– Ouais. Pendant qu'il allait chercher des paquets de tabac dans sa réserve, j'ai ouvert une revue qui était sur son comptoir. Il y avait des photos d'amoureux.

Les pommettes de Lucie rosissent, celles de François sont déjà coquelicot.

– Et alors ? fait-elle.

– Ben… il y en avait une où on voyait un monsieur et une dame qui s'embrassaient sur la bouche.

La jeune fille hausse les épaules comme si cela n'avait rien d'extraordinaire. François avale sa salive et brusquement lance :

– Tu veux que je te montre ?

– Oh, non ! C'est dégoûtant !

– Tu n'en sais rien, si t'as jamais essayé.

– Qui t'a dit que je n'avais jamais essayé ?

– Sans blague ! Tu as déjà embrassé un garçon ?

– Évidemment !

– Sur… sur la bouche ?

Là, Lucie se tait. Pragmatique, son compagnon lui propose de faire une « expérience scientifique », car comme le dit souvent M. l'instituteur : « Toute expérience est bonne à prendre ! »

– C'est vrai, convient Lucie.

Elle met sa bouche en cœur, ferme les yeux et attend. François tremble comme s'il allait passer au tableau sans avoir appris sa récitation.

– Eh bien, tu te décides ? s'impatiente sa copine.

L'« expérience » est si rapide qu'il faut recommencer, « parce qu'on n'a pas bien eu le temps de se rendre compte ».

Quelques minutes plus tard, des appels interrompent les deux jeunes gens en plein baiser expérimental.

Rouges comme des cerises, les yeux brillants, les cheveux en bataille et constellés de brins de foin, ils retrouvent leurs parents respectifs dans la cour de la ferme.

— Alors, les enfants, tout va bien ? questionne le père de François.

— Ça pourrait être pire, répond le garçon avec un air d'enfant de chœur espiègle.

Huit jours plus tard, la guerre des Bouses reprend.

Les belligérants se donnent rendez-vous sur un champ de bataille choisi avec soin. C'est une ferme abandonnée, dont les ruines servent souvent de terrain de jeu aux gamins du village. Les Branquignoles occuperont le corps de logis, tandis que les Pieds Nickelés se tiendront de l'autre côté de la cour, dans la grange. Il a été convenu, lors des négociations préparatoires, que les premiers qui parviendront à conquérir le territoire des autres auront gagné.

— Tous les coups sont permis ? a demandé Alphonse.

— Oui, mais interdiction de mettre les prisonniers tout nus ou de leur faire manger des crottes de lapin.

— Tope là !

Ils se sont tapé dans la main à la manière des maquignons, puis se sont séparés pour recruter leurs troupes. Finalement, ce sont deux armées ne comptant pas moins de dix farouches guerriers qui à l'heure dite investissent les lieux. L'ambiance est fraîche et joyeuse, les esprits surchauffés à souhait et les slogans à l'avenant : « On va les tailler en pièces ! Ça va saigner ! Numérotez vos abattis ! On va vous réduire en charpie ! » Le général François, armé de son fusil de bois peint avec soin, place ses soldats face à l'ennemi, derrière divers abris : auge de pierre renversée, vieille charrue rouillée, tas de cailloux… Le chef de guerre Alphonse donne ses ordres avec autorité, juché sur un tonneau branlant. Par convention, les combattants sont armés d'un fusil ou d'une épée et disposent d'un stock de grenades offensives (divers déchets et déjections canines roulés dans du papier journal). Mais côté Branquignoles, on a préparé en secret un armement beaucoup plus redoutable : lance-pierres avec munitions et arcs de noisetier avec flèches pointues.

Quelques filles ont été invitées à venir assister au « choc des Titans » et, si besoin, à soigner les blessés. La fille du pharmacien a même apporté une trousse de secours complète, avec pansements, coton, alcool et… piqûres, mais sans aiguille. Parmi ces spectatrices en jupette, Lucie est bien la seule qui n'affiche pas une franche bonne humeur ; la guerre des Bouses ne l'amuse pas du tout. Elle ne serait d'ailleurs sûrement pas venue si François n'avait pas été là.

La confrontation commence par des échanges d'injures :
– Minus plein de puces !
– Viens le dire en face, limace !
– On va vous faire manger vos chaussettes qui puent !
– Culs-terreux !
– Pustules !
– Crottins d'âne !

L'inspiration ne manque pas, d'autant que les filles, confortablement installées sur l'herbe fraîche, rient de bon cœur ou font la grimace, suivant la nature de l'insulte. Puis vient le moment de la vraie bataille. Les projectiles commencent à voler d'un côté à l'autre de la cour. Un premier blessé vient se faire soigner auprès des infirmières. Il se tient le ventre, mais on s'aperçoit vite qu'il simule son coup mortel à l'abdomen. On le soigne quand même avec application. Voyant cela, d'autres garçons viennent le rejoindre en geignant. Le général François doit se mettre en colère pour ramener au front ces « blessés graves », en les traitant de « traîtres à la nation » ! Lucie n'a d'yeux que pour lui et ne peut s'empêcher d'admirer son courage. A un moment, il l'a regardée et lui a souri, la faisant rougir comme une pivoine.

Soudain, Alphonse ordonne un assaut :

– Yaaah ! A l'attaaaaque ! Ouaiaiaiais !

Le camp adverse se laisse surprendre. Le corps à corps est brutal. On roule à terre étroitement enlacés, parfois jusque dans une flaque d'eau. On ferraille dur, épée contre fusil. Ou alors on sautille en poussant de petits cris guerriers, mais sans se frotter vraiment à l'adversaire. Peu à peu, il paraît acquis que les assaillants sont en train de se faire repousser. S'en rendant compte, Alphonse ordonne la retraite.

Pour se reposer, on reprend les échanges de grenades et d'insultes. Un des Branquignoles, sans ordre, sort de sa poche un lance-pierres. Il ajuste son tir… le projectile rebondit en claquant sur la porte de la grange adverse. Interloqué, le général François ramasse le caillou.

– Eh, c'est pas une arme honnête, ça !

Il ordonne une riposte d'avertissement, à laquelle répondent les Branquignoles par des jets de pierres et de flèches.

– A couvert ! ordonne François.

Son copain Gustave pousse alors un cri aigu en portant la main à son œil gauche. Le gros garçon regarde sa paume et, constatant qu'elle est rouge, se met à pleurer bruyamment.

– Ouha, tu saignes ! s'épouvante un de ses camarades.

François interpelle alors l'autre camp :

– Armistice ! Y' a un vrai blessé !

Les filles se précipitent. Certaines manquent de s'évanouir en voyant le sang rubis qui macule la moitié du
visage de Gustave. L'une d'elles lâche maladroitement :

– Han, il a l'œil crevé !

– Ouin, Ouin ! hurle de plus belle le blessé.

– Il faut l'emmener à l'hôpital ! propose Lucie.

Aussitôt, la victime escortée et soutenue par la troupe
d'infirmières est évacuée hors du champ de bataille.
François se retourne comme un cobra vers Alphonse.

– Vous z'aviez pas le droit d'utiliser l'artillerie lourde !
l'invective-t-il.

– C'est la guerre, c'est pas de notre faute.

– Salaud, tu vas le payer !

Le général François lui lance son poing dans la figure.
Alphonse recule, suffoqué, se tenant la joue. Et soudain,
il se jette sur son agresseur… Les hostilités reprennent,
plus violentes que jamais.

Au final, l'affrontement se solde par une arcade sour-
cilière ouverte, des bleus et des bosses multiples, de terribles représailles familiales et une séance de morale à
l'école dont chacun se souviendra longtemps. Lucie fait
promettre à François de ne plus jamais jouer à la guerre
et pour commencer de faire la paix avec son rival.

– Avec ce cochon d'Alphonse ? marmonne François
qui a toutes les peines à ravaler sa rancune.

– Peut-être, mais tu vas quand même le faire, insiste
Lucie avec autorité.

François la regarde, puis d'un sourire lui promet tout
ce qu'elle veut. En retour, il reçoit un « baiser d'amoureux » comme dans le magazine du père Buret. L'armistice est signé entre les Branquignoles et les Pieds Nickelés le 12 avril 1906.

7
La mort et l'amour

Cinq années se sont écoulées. Après l'école communale, Lucie a poursuivi ses études dans une pension, à la
grande ville. Elle ne revient au village que pour les
vacances. Hélas ! le plus souvent, ses parents l'emmènent
à la campagne dans une propriété familiale. François a
passé son certificat d'études qu'il a brillamment obtenu.
Son père lui aurait bien proposé de l'envoyer au collège,
mais il ne l'a pas fait, ou plutôt il a présenté les choses de
telle manière qu'il était difficile à son fils d'accepter :
« Bien sûr, tu pourrais aller à la grande école, comme
mademoiselle Lucie, mais... c'est cher. Et pis, c'est
loin... Et pis, j'ai besoin d'un gars costaud pour les
foins... Et pis... » Et pis la cause est entendue. Cependant, François ne veut pas devenir paysan. Il est tombé
amoureux du travail du bois, si bien qu'il est entré en
apprentissage chez le vieux Frobert, le menuisier du
bourg, et reste disponible pour les foins et autres grands
rendez-vous de la vie paysanne.

Un après-midi de juin, Lucie vient le retrouver dans la
ferme de ses parents, comme cela arrive de temps en
temps, trop rarement hélas ! Comme chaque fois, ils
filent dans leur repaire favori : la grange à foin. Ils ont

sacrément grandi ! Lui est un adolescent brun aux mèches rebelles, au teint légèrement halé par le soleil printanier, déjà presque un homme. Elle est une jeune fille au regard pétillant et à la longue tresse châtain nouée d'un ruban rose. Ce jour-là, François a piteuse mine et regarde son amie, les yeux rougis de chagrin.

– J'avais jamais vu un mort, dit-il après un long silence. Il avait le nez tout pincé, les joues creuses. On aurait dit une momie avec la peau comme du parchemin.

– Il avait l'âge pour mourir, tente de le consoler Lucie. Et puis, peut-être qu'il n'était pas mécontent d'aller au paradis.

– Je ne sais pas. La veille, dans sa chambre, je lui ai montré ma dernière sculpture ; ça lui a plu. On a parlé. Il a même ri quand je lui ai raconté la blague de Toto qui fait de la moto. Et puis j'ai vu dans ses yeux qu'il était triste de partir, ou plutôt de nous laisser… (Une irrépressible envie de pleurer l'étreint.) Si tu savais comme il va me manquer, mon pépé ! lâche-t-il dans un souffle.

Lucie le prend dans ses bras. Ils restent allongés, longtemps, sans bouger ni parler.

Puis François décide de réagir.

– Quand il est tombé malade, il m'a fait promettre de ne jamais rien prendre au tragique, même pas sa mort. J'ai juré-craché, mais voilà que je pleure comme une Madeleine.

Il renifle, s'essuie le nez d'un revers de manche, sourit, puis se lève. Il prend la main de Lucie et l'aide à se mettre debout.

– Viens, j'ai quelque chose à te montrer, dit-il.

– Quoi ?

– Un truc sur lequel je travaille depuis des mois.

Il la conduit jusqu'à un vaste grenier, au-dessus de

l'étable. Il y règne une étrange ambiance de calme tiédeur. Un puits de lumière, tombant de la lucarne du toit, fait scintiller de minuscules grains de poussière. A même le sol poussiéreux est disposée une imposante composition de sculptures de bois, représentant un village avec ses boutiques et ses habitants. Un peu à l'écart se dresse une ferme avec sa basse-cour. Les pièces mesurent entre cinq et trente centimètres, quarante sans doute pour l'église et son clocher.

– Oh ! C'est chouette ! s'exclame Lucie sincèrement impressionnée.

– Merci. C'est notre bourg et notre ferme. Regarde... là, tu reconnais ?

François désigne une petite maison de bois brut devant laquelle se tient un personnage d'allure un peu raide, portant une fine moustache sous un nez pointu. Lucie éclate de rire.

– C'est mon père !

– Exact ! J'ai pas encore eu le temps de poncer tout le monde. Dès que ce sera fait, je passerai à la peinture. Tiens, tu vois, je suis là et là c'est... mon pépé, commente François avec un sourire attendri.

Lucie s'aperçoit alors qu'aucune figurine ne lui ressemble, de près ou de loin. Comme s'il avait deviné sa pensée, François explique :

– Toi, je suis en train de te terminer. Je veux que tu sois la plus réussie et la première que je finirai. L'idéal, ce serait que j'aie une photographie de toi, juste le visage.

– Je t'en donnerai une. Et tu me placeras où ?

François la contemple quelques secondes, puis répond :

– Sur mon cœur.

Elle rit et rougit en baissant les yeux.

– Ici ? dit-elle tout à coup en posant sa main sur la poitrine de son camarade.

François acquiesce d'un signe de tête sans cesser de la fixer. Son rythme cardiaque vient à nouveau de s'accélérer.

Les jours passent, et les semaines, et les mois…

Quelques années plus tard, les deux jeunes gens se retrouvent dans ce même grenier. Il pleut à verse, comme depuis plusieurs jours, en cette mi-mai 1914, « une saloperie de temps à gadoue ! » selon l'Émile.

– Je déteste avoir les chaussures cochonnées, se plaint Lucie en rejetant sur sa nuque la capuche de son manteau vert.

Quelle étrange et merveilleuse métamorphose a opéré le temps sur elle. C'est une jeune femme au sourire doux, mais au regard vif. La maturité se lit déjà dans ses gestes et sa voix n'est plus celle d'une enfant.

– Si tu vivais dans une ferme, tu finirais par t'habituer, lui fait remarquer François.

Cela fait des mois qu'ils ne se sont pas revus, et il se sent impressionné comme si c'était la première fois.

– Je ne pense pas, murmure-t-elle. Ça me fait tout drôle de revenir ici !

– J'ai fait quelques aménagements.

– Je vois ça.

Lucie remarque que le village a disparu, remplacé par des soldats au combat. Elle ne cache pas sa déception :

– Où est le bourg ?

– Heu… au fond. Je le remettrai un de ces jours. Mais avant, je veux finir mon armée.

Les deux jeunes gens ont près de dix-huit ans, s'aiment plus que jamais, mais ne se voient pas assez souvent pour s'en rendre vraiment compte. Un jour, François avait lancé comme une boutade : « Et si on se mariait ? » Elle avait répliqué : « D'accord... pour de rire. » Que répondrait-elle aujourd'hui ? Elle sera bientôt institutrice, gagnera sa vie, mais Dieu sait où elle sera nommée. François est menuisier, un ouvrier consciencieux qui occupe ses loisirs à tailler dans le bois des soldats et des armements modernes.

– Tu aurais dû entrer dans l'armée, lui fait remarquer Lucie, en songeant que c'est exactement ce qu'elle aurait détesté.

– Oui, je sais... J'y ai pensé, mais quelque chose m'a retenu.

– Tes parents ?

Il la dévisage avant de répondre, gêné.

– Heu, oui, c'est ça, mes parents.

L'atmosphère dans les combles devenant un peu étouffante, Lucie suggère d'aller se réfugier comme autrefois dans la grange à foin.

– S'il en reste.

– Et comment !

Ils dévalent l'escalier de bois, puis traversent la cour sous la pluie battante. Ils se jettent en riant sur le moelleux édredon d'herbe sèche. François se sent mieux. Un moment, il a cru que Lucie devenait distante, indifférente. Depuis plusieurs semaines, un doute l'étreint qui lui provoque de véritables montées d'angoisse : l'aime-t-elle toujours ? Sûrement. Mais peut-être uniquement comme un camarade d'enfance. Il faudrait qu'il puisse le vérifier. Cela lui rappelle des souvenirs délicieux.

– Au fait, Lucie, tu te rappelles, le jour où je t'ai proposé de faire une *expérience scientifique* ?

Elle éclate de rire.

– Je te vois venir, petit coquin.

Elle se relève et lui jette sur la tête une grande brassée de foin. La riposte est immédiate. Les rires et les cris résonnent dans la bâtisse. Dehors, Émile qui traverse la cour avec un seau d'avoine pour Georgette, sa jument percheronne, s'immobilise.

– Eh ben, y' a de l'ambiance là-dedans, marmonne-t-il.

Il regarde son seau.

– Comment que je vais faire, moi, maintenant ?

Pour accéder au box de la jument, il doit obligatoirement passer par la grange. Une exclamation retentit derrière la grande porte de planches :

– François, tu vas abîmer mon corsage !

Le fermier fait bouger sa grosse moustache, puis conclut en tournant les talons :

– Peut ben attendre une heure, la Georgette !

A court d'énergie, les belligérants cessent le combat. Ils s'allongent en haut de la montagne de foin pour reprendre leur conversation. Lucie affiche une mine bien sérieuse.

– A quoi tu penses ? s'inquiète tout à coup François.

– Il paraît qu'il va y avoir la guerre.

– La guerre ! Non… Qu'est-ce qui te fait croire ça ?

– Mon père m'a expliqué que l'Europe était en pleine ébullition. Les Allemands, les Russes, les Français, les Anglais… tout le monde a l'air de vouloir se battre, comme si c'était un jeu.

– Mon père à moi, il m'a dit que ce serait pas un mal qu'on prenne notre revanche sur 1870.

– L'autre jour, j'ai assisté à une manifestation des Revanchards[1]. Certains avaient la bouche déformée par la haine, on aurait dit des bêtes.

1. Revanchards : mouvement nationaliste qui veut déclarer la guerre à l'Allemagne.

– De toute façon, s'il y a la guerre, rien ne dit que ça nous concernera.

– Ce n'est pas ce que pense papa, à cause des alliances. Pour lui, il suffirait d'un rien pour que ça explose. Jean Jaurès a dit « qu'en cas de conflit, toute la planète serait rougie du sang des hommes ».

– Mouais, fait François en mâchouillant un brin d'herbe. J'y crois pas trop.

– Qu'est-ce que tu ferais, s'il y avait la guerre ?

– J'irais, évidemment !

Au ton de sa réponse, nul doute que l'idée l'enthousiasme.

– Alors j'irais aussi ! clame Lucie.

Abasourdi, François se demande si c'est une déclaration d'amour ou un défi.

– Comment tu pourrais ? Il n'y a pas de femme soldat !

– Et les infirmières, alors ?

– Ah oui…

– Si on changeait de sujet ? Ça me rend triste.

En fait de sujet, c'est d'activité qu'ils changent. François propose à son amie de l'initier, « dans un but purement scientifique ! » précise-t-il, au baiser « à la romaine ». Lucie pouffe… en rougissant.

– J'ai lu ça dans un livre, susurre le jeune homme tout en l'embrassant dans le cou. C'est comme ça que les maris, à Rome, vérifiaient si leur femme n'avait pas bu pendant leur absence.

– Oh ! Goujat !

Ils passent alors à la phase « lutte romaine ».

8
Chouette! c'est la guerre!

Lucie n'oubliera jamais ce samedi 1er août 1914. La journée a été magnifique, pas trop chaude, tempérée par une douce brise, si paisible que lorsque la nouvelle tombe, à dix-huit heures, c'est comme si la foudre s'abattait dans un ciel d'azur. La voisine l'apporte comme une bourrasque. Sans hésiter, ce qui n'est pas du tout dans ses habitudes, la grosse femme traverse au pas de course la maison de campagne, surprend Lucie et ses parents sous la tonnelle de glycines.

– C'est la guerre! M'sieur Jean, y zont placardé l'ordre de mobilisation générale!

L'instituteur qui était en train de lire, lunettes au bout du nez, se redresse sur son fauteuil d'osier. Il reste tendu et coi un court moment, puis se détend en grommelant:

– Il fallait bien que ça arrive, après l'assassinat de Jaurès.

Son épouse, blême, s'interroge sur les conséquences de l'événement:

– Faudra-t-il que tu partes te battre?

– Sans doute, répond son mari, comme s'il ne s'agissait que de résoudre une banale affaire de famille. Mais ne t'inquiète pas, à Noël ce sera terminé.

– Tu le crois vraiment ? l'interroge sa fille.

– Bien sûr, assure-t-il sans la regarder dans les yeux.

Elle remarque alors qu'il serre le poing pour dissimuler le tremblement de ses doigts.

– Et tu crois qu'ils vont mobiliser les hommes de dix-huit ans ? demande encore la jeune femme.

– Il faudrait voir l'ordre de mobilisation, mais en principe… oui.

Lucie se lève brusquement et gagne sa chambre en hâte.

Au même instant, à une quinzaine de kilomètres, François reprend son souffle en se frottant le dos.

– Outch ! fait-il en songeant qu'il aurait bien besoin d'un massage.

Et s'il pouvait être fait par une certaine jeune fille aux cheveux châtains, ce serait le paradis.

– Eh ben, gars, t'es déjà mort ? l'interpelle l'oncle Edgar.

François est en pleine moisson, avec sa famille et quelques amis. L'ambiance est joyeuse, mais chacun est concentré sur sa tâche. Il ne faut pas perdre une minute, car si l'orage arrive… Cela dit, vivement l'angélus qui sonnera l'arrêt du travail. C'est alors que la cloche de l'église, au loin, se met à tinter à toute volée. Les faux s'immobilisent, les visages se tournent vers le village.

– Qu'est-ce qui se passe ? s'interroge tante Camille.

La réponse arrive par la voix d'un gamin accourant sur le chemin de terre qui longe le champ.

– La guerre ! La guerre ! Va y avoir la guerre !

– Bon sang de bois, peste Émile, c'est pas vrai ! Y vont quand même pas nous foutre une guerre en pleine moisson !

– A la mairie, explique le garçon, y a tout le monde qui s'est mis devant une affiche que le maire a collée et qui dit qu'on doit partir couper la tête aux Boches.

– Tout le monde ! s'étonne Joseph, un adolescent cousin de François.

– Je sais pas. Peut-être pas les enfants.

François songe avec inquiétude qu'il n'a que dix-huit ans, or il a entendu dire que le recrutement des volontaires ne concernerait que les plus de dix-neuf ans. De toute façon, ça ne changera rien pour lui, il mentira sur son âge.

– Heureusement que t'es trop jeune, mon François, l'interrompt Émile dans ses pensées en posant la main sur l'épaule de son fils. Et pis moi trop vieux. Allez, la compagnie, notre mobilisation à nous, elle est pas terminée. Au boulot !

Mais l'anxiété est trop forte. Les moissonneurs abandonnent leur tâche pour se rendre aux nouvelles. Plantés devant la grande affiche blanche titrée « Ordre de mobilisation générale », les villageois commentent l'événement sans grand enthousiasme.

– Ça va pas arranger nos affaires, c't'histoire, s'inquiète le boucher.

– Et qui c'est qui va trinquer ? Faut pas chercher, toujours les mêmes, le petit peuple ! maugrée un autre commerçant, connu pour ses idées socialistes.

Une voix aigrelette, celle d'un vieillard rescapé du précédent conflit, ajoute :

– J'espère que, cette fois, c'est nous qu'allons leur donner une sacrée leçon !

Les femmes restent silencieuses. Elles pensent à leur mari et à leurs fils. François est abordé par un grand jeune homme blond portant un tablier de cuir. C'est

Alphonse, devenu le cordonnier-sellier du village après la mort de son père.

— Tu vas y aller ? demande ce dernier.

— Je ne sais pas s'ils voudront de moi, j'ai pas dix-neuf ans.

— Hé, hé ! Moi, je les ai. Je vais me battre, gamin ! On va leur fiche une de ces raclées, aux Boches, qu'ils auront pas envie d'y revenir.

François marmonne une vague approbation puis s'éloigne, lui aussi terriblement impatient de défendre la patrie en danger. Reste à convaincre son père de le laisser s'engager.

9
La guerre tue !

Au crépuscule, entre les murs de la ferme d'Émile gronde l'orage. D'une voix aussi calme et déterminée que possible, François vient d'annoncer ses intentions de partir à la guerre. Son père a failli s'en étouffer avec sa soupe. Il a poussé un « Quoi ! » retentissant, puis s'est levé et, doigt pointé au ciel, a déclaré à la manière d'un empereur romain :

– Tant que je serai ton père, et ça risque de durer encore un moment, tu n'iras pas te faire tuer sans mon autorisation !

– Je ne veux pas m'engager pour ça, papa, je veux défendre la patrie ! argumente le jeune homme.

– Ta patrie, c'est nous ! Et nous aussi, on a besoin de toi.

– D'après le maire, la guerre ne devrait pas durer plus de six mois, insiste François. Tu imagines, si je n'y vais pas, ce que je vais rater !

Émile se rassoit, effaré. Il se tourne vers sa femme.

– T'entends ça, Joséphine, notre fils veut savoir ce que ça fait que de se faire trouer la peau !

La fermière prend un air de mère Sagesse, compréhensive et posée, pour déclarer :

51

– Ton père a raison, mon François, faut l'écouter. C'est sûrement très amusant d'aller courir les champs au son du canon, mais ça arrange pas nos affaires, tu comprends ? On est en pleine moisson et on peut déjà plus compter sur le Jean, le Gaston et le Philibert qui sont mobilisés. Et eux, ils n'ont pas le choix ! Alors pourquoi aller chercher la mort tant que c'est pas obligé ?

Elle s'interrompt. François, tête baissée, acquiesce mollement, puis marmonne comme un enfant boudeur :

– Alphonse y va bien, lui.

Le dîner se poursuit d'abord dans une ambiance de plomb. Tante Camille et oncle Edgar préfèrent ne pas intervenir, tout comme mémé qui se concentre sur sa soupe. Puis la discussion reprend, de plus en plus passionnée à mesure que la famille donne son avis sur les tenants et aboutissants du conflit. François, quant à lui, ronge son frein sans lever le nez de son assiette.

Une fois couché, le jeune homme réfléchit aux stratagèmes qu'il pourrait inventer pour tromper le conseil de révision de l'armée sur son âge réel. Il élude pour le moment l'obstacle familial. Pourtant, chaque fois qu'il y repense, une sourde angoisse lui noue l'estomac.

Vers minuit, les chiens se mettent à aboyer dans la cour. François ouvre les yeux, retient son souffle. Son cœur s'accélère un peu. Des craquements dans la maison… son père s'est levé. Il décide d'en faire autant. Dans la grande pièce principale, il retrouve Émile qui décroche le fusil de chasse au-dessus de la cheminée.

– C'est quelqu'un à bicyclette, murmure-t-il. J'y vais. Toi, tu retournes te coucher !

Le cœur de François se serre ; serait-ce le garde champêtre qui viendrait apporter un ordre de mobilisation ? A cette heure ! Le jeune homme hausse les épaules,

se moquant de sa naïveté. Alors, il entend une voix fémi-
nine dehors qui échange quelques mots avec son père. Il
sort sur le perron, une lampe à pétrole à la main, et
découvre avec stupéfaction Lucie, chevelure au vent,
mine défaite. Dès qu'elle l'aperçoit, elle se précipite vers
lui et l'enlace en pleurant.

– François, mon François, je ne veux pas que tu partes
à la guerre !

Décontenancé, ému, le garçon n'ose pas refermer les
bras sur la jeune femme.

– Mais enfin, Lucie, t'es pas raisonnable, lui reproche-
t-il. Tu viens de la Madrière ?

– Oui. (Elle sourit en essuyant ses larmes.) J'ai battu
mon record de vitesse, je ne sens plus mes jambes.

– Bon, ben, fait Émile, viens, mignonne, tu vas
reprendre des forces avec un bon bol de lait chaud.

Lucie fixe François dans les yeux.

– Est-ce que tu seras mobilisé ? demande-t-elle la
gorge serrée.

– Je suis trop jeune. Et puis j'ai décidé que… que je
n'irai pas tant qu'on ne me le demandera pas, déclare-
t-il en jetant un regard à son père.

Soulagé, ce dernier retrouve sa jovialité pour inviter
les jeunes gens à poursuivre la discussion dans la maison.

Le lendemain, Lucie et François se rendent au village
pour assister, après la messe, au départ des réservistes et
des volontaires, lesquels ne sont pas tous des jeunes. La
trentaine de futurs héros grimpe sur des charrettes, ova-
tionnée par la famille et les amis. François serre longuement contre lui Gustave, son bon gros copain d'enfance
qui s'est engagé volontaire. Les deux garçons éprouvent
quelques difficultés à contenir leur émotion. Ils y

parviennent en partie grâce à l'arrivée d'Alphonse. Le belliqueux et crâneur chef des Branquignoles est fier comme un mousquetaire. Il sourit à belles dents, promet de ramener un chapelet de médailles... Bref, il fait son numéro.

Lucie éprouve une compassion particulière pour les fiancées, mères ou épouses qui voient s'éloigner, peut-être pour toujours, l'être aimé. Les hommes non mobilisables, tels le sabotier ou les enfants, sont excités comme un jour de 14 Juillet.

— Bon voyage à Berlin ! crie l'un, répétant le texte de la banderole accrochée à l'une des charrettes.

— Flanquez-leur la raclée, à ces sales Boches ! lance un autre.

Un vieillard, cul-de-jatte depuis la précédente guerre, recommande d'une voix chevrotante :

— Et revenez-nous entiers !

Le calme retrouvé, chacun retourne à ses occupations. François prend la main de son amie et l'invite à rester quelques jours à la ferme.

— Tu pourrais nous aider à la moisson, ajoute-t-il.

Elle acquiesce, puis baisse les yeux.

— Si la guerre dure après la Noël, tu devras partir quand ? demande-t-elle.

— Je suis de la classe 15... mars ou avril. Mais tu sais, il y a peu de chance pour que ça aille jusque-là.

Lucie se tait. Elle ne croit pas un instant à un conflit « vite expédié » et devra donc envisager, dès la prochaine rentrée, d'intégrer le corps des infirmières de guerre. Ensuite, elle devra sans doute se battre elle aussi, mais pour être affectée au plus près du régiment de François.

Le premier mois de guerre est terriblement éprouvant

pour les nerfs des Français de l'arrière[1], avec ses bonnes et ses mauvaises nouvelles. Les premiers communiqués officiels soulèvent l'enthousiasme et laissent croire que le conflit ne sera, comme prévu, qu'une glorieuse partie de chasse aux Boches. François en conçoit une certaine amertume qu'il s'efforce de dissimuler, surtout devant Lucie qui passe de plus en plus de temps à la ferme. Le garde champêtre prend très à cœur son rôle d'informateur public. Dès qu'une nouvelle un peu sensationnelle lui parvient, il bat la campagne à vélo, hurlant et pédalant comme un fou.

– On est entrés dans Mulhouse ! hurle-t-il un matin.

Début août, il annonce avec la même force :

– Les Allemands sont en Belgique !

Incroyable et révoltante intrusion, puisque la neutralité du petit royaume était garantie par les envahisseurs eux-mêmes. Et quelques jours plus tard, le « porte nouvelles » traverse la place du village en trombe, s'époumonant :

– L'ennemi est à quarante kilomètres de Paris !

Lucie et François sortent de la quincaillerie, les bras chargés de cordages et autres matériels pour la ferme. Ils échangent un regard incrédule.

– C'est pas possible, on peut pas déjà perdre la guerre ? se désole le jeune homme.

– Si les Allemands entrent dans Paris, c'est la fin du pays, s'angoisse sa compagne.

Mais elle pense aussitôt, bien malgré elle : « Et peut-être la fin des tueries. » Tandis qu'ils chargent la carriole, le maire les interpelle de loin d'un signe de la main. Le jeune menuisier fronce les sourcils. L'homme qui vient à

1. Français de l'arrière : ceux qui ne sont pas au front et mènent une vie quasi-normale malgré le conflit.

leur rencontre tient une lettre qui, si l'on en croit la gravité de son visage, n'annonce rien de bon.

– Qu'est-ce qui se passe, monsieur le maire ? s'inquiète François.

– Je dois porter ça à notre boucher, dit l'élu en montrant la missive tamponnée du ministère de la Guerre. Et... faut que tu saches, c'est à cause de Gustave. On ne le reverra plus.

François prend la main de Lucie et se pince les lèvres pour maîtriser son chagrin. Tandis que le maire s'éloigne pour accomplir sa sinistre besogne de messager de la mort, il songe que son ami d'enfance a eu la fin la plus glorieuse qui soit. Sans aller jusqu'à envier son sort, il brûle plus que jamais du désir de rejoindre la France qui se bat.

IO
Le départ

Début septembre, c'est la sanglante mais victorieuse bataille de la Marne qui permet de repousser les envahisseurs jusque sur l'Aisne.

– Y paraît qu'ils sont montés au front en taxi, nos gars ! assure presque en criant Arsène, le voisin d'Émile.

Ce dernier, qui a le teint rubicond des jours où on se laisse aller à la danse des chopines, éclate de rire :

– En taxi, ben voyons ! Et pourquoi pas en voiture de maître avec champagne et fanfare ?

– Mais si, je te dis ! Bon sang, l'Émile, faudrait songer à te tenir au courant de ce qui se passe au-delà de tes champs.

Le père de François se rassoit. Son regard bas paraît maudire la terre entière.

– Je suis bien assez au courant, marmonne-t-il. Et ça me suffit, crois-moi, pour comprendre qu'on a ouvert les portes de l'enfer.

François qui assiste à la scène, à l'autre bout de la table, éprouve un désagréable frisson à ce dernier propos comme si, brièvement, il avait entrevu sa propre mort. Il faut dire que depuis une semaine, le maire n'arrête pas d'apporter ici ou là une lettre du ministère de la

Guerre, plongeant des familles dans la détresse. Lucie, qui a commencé à travailler comme aide-soignante dans un hôpital militaire de la région, lui a décrit l'état de certains blessés. Elle l'a fait sans omettre les détails les plus horribles, de toute évidence pour le dissuader de jouer les héros.

Il se lève et quitte la pièce. Dans la cour, il inspire à pleins poumons l'air doux de l'été finissant. Rosette, la vieille chienne boiteuse, vient lui renifler les sabots. Tout est si calme. Il essaie d'imaginer ce qu'il se passe en cet instant même sur le front. Les soldats doivent se reposer d'une journée riche en épreuves et émotions fortes. Les fusils sont dressés en faisceau. Les feux étendent sur les camps leur chaude lumière. « Comme ils doivent être fiers », songe-t-il. Et il devine les rêves de tous ces valeureux... « A l'attaque ! » Pan ! Pan ! Sabre au clair pour les officiers, fusil à baïonnette pointé sur l'ennemi pour les fantassins... Les armées adverses, lancées l'une contre l'autre sur le champ d'honneur, se mêlent en un furieux corps à corps. Quelques braves tombent, bien sûr, c'est le triste côté de la guerre, mais inévitable pour obtenir la victoire. François retrouve le moral et une furieuse envie de partir.

Début avril 1915, les vœux du jeune menuisier sont enfin exaucés : il est appelé ! En lui tendant sa feuille de mobilisation, le facteur lui adresse un drôle de sourire dont on ne saurait dire s'il est de compassion ou de félicitation.

– Je dois me présenter devant une commission de réforme le 9, annonce le jeune homme.

La lettre tremble légèrement entre ses doigts. Joséphine ne peut retenir davantage ses larmes. Émile, atterré, s'assoit, ôte son chapeau et lâche un soupir de résignation, puis une recommandation :

— Tu demanderas l'artillerie, comme ça tu seras moins près de la mort.

— Pas sûr, objecte sa femme en reniflant. Y paraît que les soldats creusent des tranchées et qu'ils se cachent dedans pour se mettre à l'abri des bombes. Alors que les artilleurs, eux, ils restent en surface.

Son fils essaie de la rassurer :

— Ne t'inquiète pas, maman, si ça se trouve, ils me mettront à la popote et je passerai mes journées à peler des patates. Et puis, tu sais, ils ne sont pas si nombreux ceux qui ont la chance… enfin, je veux dire ceux qui combattent. Beaucoup servent à l'intendance, dans les transmissions ou même dans les bureaux.

— Ah oui ? fait Émile. Ben alors, demande les bureaux.

— Hé, je ne veux pas être un planqué !

— Qui te parle de ça ? Demande à être avec le général ; il y est bien, lui, dans les bureaux et on dit pas que c'est un planqué !

François esquisse un sourire.

— De toute façon, c'est pas moi qui décide.

Il embrasse sa mère, puis son père et sort de la maison en annonçant qu'il va chez l'instituteur pour que Lucie soit avertie au plus vite de son départ. En déposant son vélo contre le muret d'enceinte de l'école, il s'étonne d'apercevoir la porte ouverte et de la lumière dans le couloir. A l'étage, il voit passer une ombre derrière une fenêtre et croit reconnaître celle de sa fiancée. Mais c'est impossible. En milieu de semaine, elle est forcément à l'hôpital. Le cœur serré, il traverse la cour, puis pénètre dans cette communale chargée de tant de souvenirs. Pour un peu, il entendrait le joyeux chahut des enfants en récréation. Il gravit l'escalier de bois en appelant pour manifester sa présence. Soudain, une porte s'ouvre sur le palier. Lucie apparaît, les yeux rougis. Elle porte sa coiffe et sa blouse d'infirmière.

— François ! s'écrie-t-elle.

Les jeunes amoureux s'enlacent.

— C'est ton père... il est mort ? demande François.

— Non, blessé. On l'a ramené tout à l'heure et on a bien voulu que je l'accompagne, mais je vais devoir repartir dès demain matin.

François retrouve le sourire.

— Eh bien, soupire-t-il, j'ai eu une de ces trouilles ! Et cette blessure, elle est grave ?

Comme en réponse, un long gémissement s'échappe de l'appartement de l'instituteur, une plainte monocorde à vous glacer le sang.

— Un éclat d'obus lui a arraché la moitié du visage, explique Lucie. Il survivra, mais... (elle hoche la tête) il restera défiguré et sans doute aveugle. Et toi, mon François, comment vas-tu ? Mais je vois que les nouvelles vont vite, ça fait à peine une heure que nous sommes arrivés. Qui t'a prévenu ?

— Personne. Je ne pensais pas te trouver, répond le jeune homme en s'efforçant de garder une voix ferme. En fait, je venais voir ta mère pour qu'elle te fasse savoir que... eh bien que ça y est, je pars demain à la guerre.

Lucie ferme les yeux. Elle s'est préparée depuis longtemps à cette fatalité. Pourtant, saisie d'un violent vertige, c'est comme si un gouffre s'ouvrait devant ses pieds.

Le lendemain matin, dans leur petit appartement au-dessus de l'école, la jeune infirmière et ses parents reçoivent François, Émile et l'oncle Edgard. La première scène d'adieu, tout à l'heure à la ferme, avec Joséphine et mémé, a été une épreuve pour le jeune homme, mais comparé à ce qui l'attend maintenant...

– Comment qu'il va, votre mari ? demande Émile en baissant la voix.

– Il souffrira encore beaucoup et sûrement longtemps, répond la femme de l'instituteur, mais il est vivant et nous ne serons plus jamais séparés.

La pâleur de son visage est saisissante, et son sourire est si triste qu'on aurait envie de la prendre dans ses bras pour la réconforter. Lucie aussi est éprouvée, mais on voit bien qu'elle a choisi d'affronter le malheur avec courage. Elle sert le café dans de fines tasses de porcelaine. Émile saisit la sienne avec précaution, mais ses doigts sont si gourds d'émotion qu'il préfère renoncer.

– Y' a beaucoup de misère à l'hôpital, à ce que m'a raconté François ? dit-il pour briser le silence.

– Oui, et encore je ne travaille pas dans un hôpital de campagne, derrière les premières lignes. Là, c'est l'horreur absolue.

– C'est pourtant là que tu espères être mutée, lui fait remarquer François avec un accent de reproche.

– Je vais demander à être là où tu seras, réplique-t-elle un peu sèchement.

Elle le fixe avec intensité, mais bien vite ses yeux noisette se voilent de larmes. Émile tente pitoyablement de détendre l'atmosphère :

– Boh, c'est pas si grave, tout ça !

Et il croise le regard de la mère de Lucie.

– Pardonnez-moi, madame, je... Bon sang, j'suis qu'un vieux maladroit !

Pour la première fois depuis la naissance de son fils, le

paysan laisse couler sans retenue les larmes de son amour.

Vient le moment de l'inéluctable séparation, sur la place du village, près de l'ambulance qui doit ramener Lucie en ville et par la même occasion François, puisque c'est là qu'il doit passer son conseil de révision. Voici donc l'instant que redoutait le plus le jeune homme : l'embrassade finale avec le père. Ce dernier a décidé d'être sobre et courageux. Il ne peut malgré tout s'empêcher de souffler à l'oreille de son fils en le serrant contre lui :

— Je t'en supplie, mon petit, reviens-nous vivant !

François en fait le serment.

— Je vous écrirai tous les jours ! lance-t-il avec un dernier salut de la main.

L'ambulance démarre et disparaît au coin de la rue dans un nuage bleuté.

II
L'arrivée au front

Les choses se passent rarement comme on l'imagine. Depuis le 2 août, jour de la déclaration de guerre, François a essayé maintes et maintes fois de se représenter la scène d'adieu avec Lucie. Il a envisagé les effusions de larmes, les corps qui ne peuvent se séparer alors que le train démarre poussivement, la course finale de la belle fiancée sur le quai... Pourtant, à quelques détails près, c'est bien ainsi que la scène se déroule. L'étreinte est interminable, mais il n'y a pas d'effusions de larmes.

– Je t'emporte avec moi, tu sais ? dit François.

– Je donnerais tout pour que ce soit vrai, déclare-t-elle.

– C'est sérieux... regarde.

Il déboutonne le haut de sa veste et en sort une figurine en bas relief de bois peint, d'une quinzaine de centimètres. Elle représente une jeune femme aux yeux noisette.

– C'est moi ! fait Lucie en portant la main à sa bouche, riant et pleurant à la fois. Ce que je suis drôle.

– Belle, je dirais. Il y en a qui mettent une photo dans leur portefeuille, moi c'est une statuette... *et* une photo. J'ai gardé la tienne dans ma poche, là, précise-t-il en se tapotant la poitrine.

Un silence s'installe que le sifflement strident du train rompt comme le hurlement d'un caporal. François saute de justesse sur le marchepied du dernier wagon. Lucie ne court pas, n'agite pas de mouchoir blanc. Elle reste immobile au milieu des gens qui crient et gesticulent. Elle est comme soudée au quai, tandis qu'il est cramponné à la fenêtre du train.

Le conseil de révision déclare François « Bon pour le service armé – infanterie », soldat de deuxième classe. Il est content, se disant qu'il est à son tour un combattant, qu'il rejoint enfin ceux qui disposent déjà de cet honneur, tel Alphonse dont personne n'a plus de nouvelles depuis septembre. L'incorporation se fait au 93e régiment, cantonné dans une grande caserne aux murs propres. Il reçoit son équipement qu'il enfile ému comme un enfant recevant une panoplie de petit soldat : l'uniforme bleu horizon avec le manteau s'ouvrant sur les cuisses, les godillots cloutés, raides comme du bois, le casque d'acier, lourd mais rassurant, le sac rempli « ras la gueule » de vivres, cartouches, matériel de campement, effets personnels… Vingt kilos qu'il imagine mal devoir porter longtemps. Et puis, le fusil Lebel ! François a déjà tenu une arme à feu, pour chasser la grive dans les champs. Mais là… quelle sensation !

L'instruction, prévue sur trois mois, est presque un plaisir. François apprend à tirer à la mitrailleuse Hotchkiss, à égorger un ennemi, à ramper sous les barbelés… Il est convaincu d'avoir trouvé en l'armée sa seconde vocation, après la menuiserie. La guerre lui aura au moins permis de le sortir de son village pour lui faire découvrir que, ailleurs, il y a des choses intéressantes à vivre. Deux contrariétés gâchent cependant ces premières semaines de sa vie de soldat : le comportement délirant d'un sous-officier qui ne sait pas s'exprimer autrement qu'en criant ni agir autrement qu'en humiliant. Et puis il y a le tourment de l'absence de Lucie. Il lui écrit tous les deux jours, un tout petit mot, mais un mot d'amour, du genre : « Ma Lucie chérie, je me suis réveillé ce matin avec le sourire. Je venais de passer la nuit avec toi. C'était la première fois. C'était pour toujours. Je t'aime d'amour fou. » Il écrit généralement sur des cartes postales fantaisie. Ses compagnons de chambrée, des « bleus de la classe 15 », sont aussi fiers que lui d'être soldats, aussi impatients de monter au front, aussi joyeux, insouciants, blagueurs… Qui croirait que plus de trois cent mille Français ont déjà perdu la vie au champ d'honneur ?

Les lettres de Lucie sont plus longues, mais plus rares. En trois mois, il n'en reçoit que quatre. Le ton se veut rassurant, mais il est évident qu'elle vit un calvaire qui lui laisse bien peu de temps libre. L'une des lettres portait au dos une malencontreuse empreinte de doigt, faite avec le sang de quelque blessé.

Fin juin 1915, tout s'accélère brutalement.

— Faites vos paquetages, départ dans dix minutes ! hurle un officier en surgissant dans la chambrée.

— On va où, mon lieutenant ?

Le gradé plante un regard d'acier dans celui du soldat qui vient de l'interroger. Il a un bref sourire, puis lâche comme un cri de guerre :

— Au front !

Chacun éprouve aussitôt une vive poussée d'adrénaline. Cette fois, les choses sérieuses vont commencer.

— C'est pas trop tôt ! crâne un moustachu que François n'aime pas trop fréquenter.

– Moi, j'ai un peu la trouille, avoue Jean, un jeune Franc-Comtois.

Grâce à ce garçon avec lequel il s'est lié, François a compris que ce qui différencie le courage de l'intrépidité ou de la témérité, c'est la peur. Jean a souvent manifesté de violentes frayeurs lors des manœuvres, pour sauter d'un mur un peu haut ou ramper sous les tirs à balles réelles, mais jamais il n'a reculé. En observant ce camarade dans ces moments difficiles, François s'est souvent demandé comment lui-même se comportera face à l'ennemi. Rien ne l'angoisse plus que l'idée de céder à la lâcheté.

Le bataillon est embarqué dans un train, direction « la ligne bleue des Vosges »[1]. Le trajet se fait dans la joie et la bonne humeur avec chants, rires et blagues en tout genre. Une vraie troupe de scouts partant en camp de vacances. Enfin, après vingt-quatre heures d'un voyage somme toute assez fatigant, c'est le terminus. En rase campagne, au crépuscule.

– Descendez, vite ! Du nerf, y' en a qu'attendent depuis deux jours ! hurlent les gradés.

Des centaines d'ombres parsèment les prés. Ce sont des soldats revenant du front. Ils se lèvent, les uns après les autres, avec lourdeur, tels des morts vivants. Le bleu de leur uniforme a viré au vert à cause du soleil, ou au bistre quand il est maculé de la boue des tranchées. Ils sont visiblement exténués. Certains portent des bandages blancs autour du crâne, un bras en écharpe, un gros pansement sur l'œil… Fascinés par ce spectacle inattendu, François et Jean se font sévèrement rabrouer :

1. Formule de Jules Ferry qui était employée par les partisans de la revanche après la défaite française de 1871, qui plaçait la frontière franco-allemande aux Vosges.

– Eh, vous deux ! Vous rejoignez votre section ou faut que je vous botte le train ?

– C'est bon, mon adjudant, on y va ! lance François.

La colonne se forme, sacs sur le dos, fusils à l'épaule, puis se met en marche vers le levant. L'horizon n'est pas bleu, mais noir, embrasé à tout instant par de furtifs éclats de lumière blanche. Un ronronnement sourd gronde, pareil à un orage lointain.

– La vache ! Ça barde là-bas, souffle Jean.

Il reçoit une grande claque sur l'épaule d'un camarade provençal.

– Eh bé, c'est là-bas qu'on va, mon vieux !

– Peut-être pas. Pas le premier jour.

– Qu'est-ce que tu crois ? Qu'on est venus ramasser des pâquerettes ?

François ne sait plus trop quoi penser. L'enthousiasme a fait place à l'anxiété, et il n'y a plus que les fanfarons pour élever encore la voix. Après plus d'une heure de marche sur un chemin chaotique et boueux, la compagnie atteint un immense camp retranché. A perte de vue, ce ne sont que casernes et baraquements, fortins et poudrières auxquels mène une ligne de chemin de fer spéciale. Des dizaines de colonnes de soldats se croisent, échangeant quelques nouvelles, parfois des encouragements. Des centaines de canons circulent, tandis que d'autres pointent leur fût sombre vers les lignes ennemies. Le spectacle est effrayant et rassurant à la fois. Comment les Allemands pourront-ils résister à une telle puissance ? Cette pensée ragaillardit François. Demain, peut-être, il tirera son premier coup de feu…

12
Le baptême du feu

Durant la première semaine, les bleus fraîchement arrivés sont affectés à des travaux de terrassement et d'aménagements divers. Quelques exercices de tir sont organisés. Les plages de repos sont relativement généreuses. Dans le même temps, les jeunes recrues ont pu en apprendre beaucoup sur ce qu'il se passe à quelques kilomètres de là, sur ce front tant espéré et qui gronde en permanence. Mais ils ne croient que la moitié de ce qu'on leur raconte.

– Les hommes sont fauchés par paquets de dix ! rapporte un mitrailleur.

– On creuse les tranchées comme des tombes et on crève dedans comme des damnés, éructe un biffin au regard fou.

– Les gars, attendez-vous à recevoir sur vos caboches des vagues de mines et d'obus, pires que des averses de grêlons, prévient un autre soldat.

Tout cela paraît un peu exagéré aux mobilisés de la classe 15, si bien que le moral reste au beau fixe. Un incident tout de même marque leurs esprits innocents…

Un après-midi, un avion ennemi crève tout à coup le plafond nuageux, assez bas ce jour-là. Une canonnade nourrie le fait fuir comme un vilain corbeau, mais il a le temps de lâcher une bombe qui tombe sur une charrette transportant des caisses de grenades. L'explosion fait trois morts et une dizaine de blessés, certains affreusement mutilés. François compte parmi les premiers à se porter au secours des victimes, mais pas longtemps ; le pauvre vomit trois fois avant de renoncer. Il en conçoit d'abord une affreuse honte, mais le sous-lieutenant commandant sa section sait lui rendre sa dignité, en lui expliquant que lui-même a vécu tout pareillement son baptême du sang.

En s'endormant ce soir-là, François pense plus fort que jamais à Lucie, serrant sur son cœur la silhouette de bois peint. Il l'imagine, dans un hôpital ou peut-être un poste de secours de la Croix-Rouge, soignant les terribles dégâts de la guerre moderne sur les chairs humaines, et cela le bouleverse aux larmes. Dans la dernière lettre qu'elle lui a adressée, elle termine en annonçant qu'elle va changer d'hôpital, se rapprocher du front... de lui. Il y a des moments où il déteste ce conflit, mais il sait qu'il n'en a pas encore assez vu pour le haïr de toute son âme.

Un dimanche matin, son camarade Jean et lui-même sont autorisés par leur capitaine à aller à la messe, dans une grange à moitié effondrée. Ils pensaient profiter ensuite du reste de la matinée pour se détendre, mais l'ordre de changer de cantonnement arrive, provoquant une sorte de branle-bas de combat.

– Nous serons les troupes de réserve d'une offensive imminente, explique un sous-officier.

– Et ça veut dire quoi, rapport au combat ? demande un benêt nommé Amable.

– Ça veut dire que si nos gars ne se font pas tailler en pièces et qu'ils percent les lignes boches, on devra foncer sur leurs talons pour occuper les positions conquises.

– Alors, on va se battre, mon lieutenant ? demande François, une étincelle dans le regard.

– Pas sûr. Mais vous avez intérêt à mettre vos casques, parce que ça va tomber dru, la ferraille.

Là-dessus, la compagnie se met en marche.

En fin de journée, elle arrive dans les ruines d'un village qui lui serviront de base arrière. François propose à son ami de s'installer dans l'école qui tient à peu près debout. Les salles de classe sont ravagées, mais on peut encore lire la date écrite à la craie blanche sur l'un des tableaux. En dessous, des plaisantins ont tracé des graffitis, tels que : BIENVENUE À L'ÉCOLE DE LA MORT ou JE T'AIME, MA RENÉE dans un cœur percé d'une flèche. « Tout cela est bien émouvant », songe François, car il ne peut s'empêcher d'envisager que les hommes qui ont écrit ces mots sont peut-être morts. Puis brusquement, une bouffée d'angoisse le saisit. Cette école ressemble trop à celle de son enfance.

– Finalement, c'est pas une bonne idée de coucher là. Partons ! ordonne-t-il.

– Hein ? Mais non, on sera très bien ici… François !

Mais François est déjà dehors. Jean le rejoint, furibond.

– Qu'est-ce qui te prend ? On a trouvé un palace et monsieur n'est pas content. Mince alors !

Son compagnon s'immobilise, sourit et dit en désignant l'église du village au bout de la rue

– En voilà un au poil, pour âmes riches !

Jean fait la moue ; l'édifice est sérieusement endommagé et de toute évidence déjà conquis par leurs camarades de la compagnie.

– Tu parles d'un palace, maugrée-t-il.

Après s'être trouvé un emplacement pas trop mal situé par rapport aux courants d'air, les deux amis sont d'accord pour faire une tournée d'exploration des environs. Leur flânerie les amène à grimper sur une hauteur où devait s'élever une construction. La violence des bombardements n'en a rien laissé, sinon des amoncellements de pierres mêlés de terre. L'herbe n'a même pas eu le temps de repousser, ce qui fait dire à Jean :

— C'est peut-être pas prudent de rester là.

— Pourquoi ? T'as peur que la foudre te tombe sur le casque ! réplique son camarade en riant.

Jean hausse les épaules, puis se met à observer le paysage avec François. De là, ils bénéficient d'une vue panoramique sur le champ de bataille. Dantesque spectacle aux teintes charbon, bistre et blanchâtre. Jusqu'à l'horizon où la terre s'élève en un coteau de forêt assez raide, il n'y a tout simplement plus de vie. C'est un désert de l'enfer, creusé d'une multitude de trous d'obus, hérissé de moignons d'arbres calcinés ou bien, çà et là, de ruines grises. Les barbelés, hachés et soulevés par les bombardements, forment par endroits comme des buissons de ronce sans feuille. Des chemins, qui devaient être des routes bucoliques avant le passage du feu, sillonnent cette plaine comme des veines boueuses. Un peu partout, la terre est striée par un lacis de tranchées. Les premières lignes des deux camps ne sont distantes parfois que de cent ou deux cents mètres. Rien ne bouge, hormis à intervalles réguliers l'élévation brutale d'un champignon de fumée qui s'effiloche rapidement, emporté par le vent. La déflagration parvient avec un léger décalage aux deux jeunes soldats, pétrifiés d'épouvante.

— C'est là qu'on va se battre ? murmure Jean.

Blême, François enlève son casque pour s'essuyer le front d'un revers de manche.

— Bon sang de bois, j'avais pas vu les choses comme ça, dit-il, le souffle court.

Dans sa fougue de futur héros de guerre, il s'imaginait que les troupes lançaient leurs assauts à travers des champs de fleurs, ou au moins d'herbe fraîche, en hurlant des « Vive la France ! » et des « Yaaaah ! », comme lui-même et ses copains de classe le faisaient lors de la guerre des Bouses. Son ingénuité lui paraît si pitoyable qu'il en pleurerait. Une pétarade de mitrailleuse le tire tout à coup de ses mauvaises pensées. Des coups de feu claquent en nombre croissant.

– Regarde, c'est juste en dessous de nous ! s'exclame François en désignant les tranchées françaises à moins de cinq cents mètres au pied de la butte.

Les Allemands répliquent par un feu nourri.

– Tu crois qu'il va y avoir une attaque ? s'inquiète Jean.

– Je ne sais pas, on devrait peut-être rentrer.

Une fusée rouge s'élève dans le ciel, au-dessus du théâtre de ce qui n'est sans doute qu'une escarmouche au regard de l'ampleur de la bataille. Moins d'une minute plus tard, l'artillerie entre dans la danse. Des sifflements ou parfois des sortes de miaulements précèdent l'éclatement des obus, dont l'écho se répercute longuement dans les bois, à l'arrière du front. Le spectacle est fascinant. Une épaisse fumée blanchâtre obscurcit le *no man's land*, cette bande de terrain séparant les premières lignes ennemies. Mais voici que plusieurs projectiles s'abattent sur le flanc du mamelon à moins de cent mètres des deux explorateurs en uniforme.

– Oh ! il est temps de déguerpir, dit François en rajustant son Lebel à l'épaule.

– Et vite ! approuve son compagnon.

Deux obus s'abattent sur l'étroit sentier qui descend vers le village.

– La vache, on va y laisser notre peau ! s'affole Jean.

– Mais non, mon vieux, c'est notre baptême du feu ! lui répond François, porté par une irrépressible euphorie.

Tenant leur casque d'une main, comme s'ils traversaient une tempête, ils atteignent les deux entonnoirs creusés dans la terre par les bombes. Le fond fume encore et sous leurs semelles cloutées crissent les débris métalliques des engins.

– C'est du 105, p't-être même du 155 ! crie François.

– Oui, eh bien on en discutera plus tard. Grouille-toi !

Les sifflements sont comme des cris de harpies fondant sur leurs proies. Le vacarme est assourdissant.

– Premier à l'abri paie un canon ! lance François en dépassant son camarade.

Il dévale la pente comme un fou quand, soudain, un souffle d'une incroyable violence le projette sur le côté. Étourdi, il met quelques secondes avant de se redresser sur un coude.

– Bon sang de bois ! Sacrée claque.

Ses oreilles bourdonnent, mais il ne sent aucune douleur alarmante. Par réflexe, il touche à travers sa vareuse le portrait en bois de Lucie, accroché à son cou et qu'il porte désormais en permanence à même la peau. « Elle m'a protégé, pense-t-il, aussi sûrement que la Sainte Vierge. »

– Jean ! appelle-t-il. Ça va ?

Pas de réponse. Une détonation suivie d'une pluie de terre l'oblige à se protéger le visage.

– Jean, nom de Dieu, réponds-moi !

Sans se lever, il se retourne et pousse un cri d'horreur. Son ami franc-comtois gît à dix mètres, le thorax perforé par un énorme éclat d'obus. Le visage du garçon est figé dans une expression d'étonnement. Il est mort sur le coup.

13
La première tranchée

Averti du drame, le capitaine convoque aussitôt François, mais l'état de choc du jeune homme lui ôte toute velléité de sanction.

– Rejoignez votre unité, conclut-il. Et que cela vous serve de leçon.

François regagne l'église comme un somnambule, puis reste prostré contre un des piliers, refusant de parler à quiconque vient s'inquiéter de lui. Malgré ses remords et le martèlement incessant de la canonnade, il finit par s'assoupir. En pleine nuit, une main lui touche l'épaule.

– François ! Hé, François, debout, on monte en première ligne.

Le garçon cligne des yeux, regarde autour de lui comme s'il se trouvait dans un lieu inconnu. Ses camarades sont déjà tous debout et endossent leur havresac sans échanger un mot, résignés et tendus.

– Cette fois, on va au casse-pipe, murmure un soldat en passant près de lui.

Mais ce poilu presque imberbe ne parle qu'à lui-même. Un autre vient aider François à se lever.

– Les ordres ont changé, explique-t-il sans élever la voix, comme s'il fallait respecter le sommeil de quelques dormeurs chanceux. Y' aura pas d'offensive cette nuit, mais on doit relever les gars de la 18e. Ça ira ?

– Oui, ne t'en fais pas. Merci.

Un échange de sourires dans la maigre lumière du brasero qui rougeoie au milieu de l'église, puis c'est le départ. Dehors, l'obscurité est quasi complète, oppressante. Le silence est étrange, aussi étrange que le chant des grillons paraît incongru dans l'ambiance funèbre de cette nuit sans lune.

– En file indienne ! ordonne le sous-lieutenant. Et collez aux basques de celui qui vous précède.

Tout en marchant, François essaie de se reprendre. « C'est pas de ta faute. Tu ne pouvais pas savoir. T'en verras d'autres, mon vieux, et des bien pires ! Faut pas t'en vouloir, faut pas t'en vouloir… », se dit-il mentalement. L'effet sur le moral n'est pas formidable, mais au moins n'a-t-il plus envie de se couvrir la tête de cendre en demandant pardon à son copain Jean.

Après une marche interminable, la colonne atteint les abords du champ de bataille. Le rythme des pas ralentit à mesure que se multiplient les obstacles.

– Faites gaffe, un mort, entend-on.

L'avertissement chuchoté se répercute de soldat en soldat : un mort… un mort… François bute dedans en un choc sourd, répugnant. Il se mord les lèvres comme un gosse qui vient de commettre une bêtise. Un peu plus loin, le tir d'une fusée éclairante fait tressaillir les soldats.

– Baissez-vous ! ordonne le chef de colonne.

Sous le rayonnement blafard de l'engin chuintant, le paysage lunaire apparaît encore plus macabre à ces combattants sans expérience qui suivent du regard la boule lumineuse. Une balle siffle quelque part à droite, puis une autre à gauche. François est persuadé que cela

76

annonce un nouveau « marmitage », c'est-à-dire un bombardement au gros calibre à vous rendre dingue. Mais non, le calme précaire semble vouloir durer.

Ils atteignent enfin le premier boyau qui s'enfonce de deux mètres dans la terre, serpentant jusqu'aux tranchées où ils prendront leur position de tir. François ne voit pas les parois, mais il les sent comme deux mâchoires visqueuses qui pourraient sans prévenir se refermer sur lui et l'enserrer dans un piège abominable. Cette pensée lui fait prendre conscience qu'il a faim. Dans son sac, il a de quoi se remplir le ventre, mais rien pour atténuer la sensation d'angoisse qui lui noue l'estomac.

Des murmures l'avertissent qu'ils sont arrivés à destination. Et voilà qu'ils croisent ceux qu'ils viennent relever ! Au passage, les anciens glissent quelques mots aux nouveaux :

— Bonne nuit, la bleusaille, faites pas pipi au lit.

— Vous arrivez à temps, on n'en peut plus.

— Pas de souci, les Boches dorment.

Et pour la première fois, François pénètre dans une tranchée. Ses godillots s'enfoncent dans un sol gluant en émettant à chaque pas des bruits de succion. Il bute contre le camarade qui le précède.

— Eh, doucement, y' en aura pour tout le monde !

— De la boue et des sales coups ! ajoute un autre soldat.

— Bon, ça va, tu vas pas commencer à nous plomber le moral ? Ferme-la ! s'énerve un troisième.

— Qu'est-ce qu'on fait, maintenant ? s'enquiert une voix.

La réponse provoque des rires :

— On se cherche un coin pour se poser et on attend les beaux jours.

François se met donc en quête d'un endroit sec, pour s'asseoir à défaut de s'allonger sur un lit douillet. Mais aussi incroyable que cela puisse paraître, il n'en trouve aucun et se fait sans arrêt rabrouer par des soldats qu'il bouscule par mégarde. Il finit par se résigner à faire comme beaucoup de ses compagnons d'infortune, que résume l'un d'eux d'une formule crue : « Poser son cul dans la merde. »

14
Les yeux dans les yeux

François est réveillé par une puissante déflagration, si brutalement qu'il se retrouve allongé dans la boue au fond de la tranchée. Des mottes de terre s'abattent sur lui. D'autres obus éclatent à un rythme démentiel, l'un si près de lui que son souffle brûlant lui lèche les mains. Des cris d'hommes touchés retentissent, aussitôt happés par le déferlement de feu. François reste allongé comme un mort, les mains crispées sur son casque. Après plus d'un quart d'heure de cette canonnade qui secoue les nerfs autant que le sol, le silence retombe d'un coup. Mais cela ne dure que quelques secondes.

– Les Boches attaquent ! hurle un officier. Aux banquettes de tir ! Vite !

François se relève, court rejoindre la ligne de ses camarades qui se mettent en position de tir, le fusil appuyé sur le remblais de terre. Il s'installe, ôte le manchon de tissu qui protège son Lebel, engage une balle dans la culasse.

– Feu à volonté ! ordonne une voix que le jeune homme ne reconnaît pas tant il est tendu.

Sa conscience est chahutée entre rêve et réalité ; tantôt c'est le vacarme et la fureur, tantôt il éprouve une impression de vertige et perçoit les sons comme atténués par du coton. Peut-être a-t-il pris un sale coup sans s'en rendre compte. Il se dresse sur la pointe des pieds et aperçoit, à moins de trente mètres, des silhouettes casquées qui approchent, galopant d'un entonnoir à un autre. A chaque seconde l'un d'eux s'effondre, atteint par la mitraille ou une balle de shrapnell. C'est la première fois que François peut observer l'action démoniaque de ces obus antipersonnel qui explosent en hauteur, arrosant de balles meurtrières un vaste périmètre. Et c'est la première fois qu'il voit mourir par dizaines des êtres humains…

— Qu'est-ce que tu fous ? le houspille un soldat à côté de lui. On n'est pas au théâtre, nom de Dieu ! Tire ! Tire tant que tu peux !

— Oui, je tire ! bredouille François.

Il sent la détente de son Lebel sous son index droit et songe qu'il va brûler sa première cartouche *pour de vrai*. Il n'a pourtant aucune envie de faire un vœu. Le coup part, une furtive fumée blanche s'échappe au bout du canon. La balle a fusé vers l'ennemi. Peut-être a-t-elle terminé sa course dans un cœur ou un crâne.

— Merde ! On va pas pouvoir les arrêter ! s'exclame un soldat. Notre artillerie allonge trop ses coups.

Un ordre se répercute de soldat en soldat :

— Baïonnette au canon !

François blêmit. D'une main tremblante, il ajuste au bout de son Lebel une lame cruciforme surnommée Rosalie par des comiques troupiers. Les balles volent au-dessus de sa tête en émettant des *zzzip* qui lui vrillent les tempes.

— Ouf ! Ça y est ! lâche-t-il entre ses dents.

Il se retourne pour reprendre sa position de tir, mais voit un soldat allemand juste au-dessus de lui. C'est son camarade de droite qui le tue, pratiquement à bout portant.

– On abandonne la position ! crie un officier. Allez ! Allez !

Les poilus ne se le font pas dire deux fois. François court avec les autres vers l'un des boyaux de communication qui relient les tranchées de première ligne à celles de deuxième. Il s'arrête devant un corps à corps meurtrier entre plusieurs combattants. Il tire pour aider un camarade en difficulté mais, dans sa précipitation, sa balle ne fait que griffer le bois d'un pilier d'étaiement. Et voici qu'en reculant, il s'entrave dans un mort et tombe à la renverse. Il se relève vivement. Son Lebel est maculé de boue. « Pourvu qu'il ne s'enraye pas », pense-t-il en l'essuyant avec sa manche. Il redresse la tête, écarquille les yeux d'effroi… un Allemand saute dans la tranchée presque sous son nez. Sans réfléchir, il lui assène un coup de crosse sur la nuque. Le pauvre type pousse un beuglement en portant la main à son cou. Plusieurs autres fantassins ennemis lui coupent la retraite. Il doit faire demi-tour et courir, courir sans se retourner. Des ordres et quelques coups de feu claquent derrière lui.

– *Dort ! Dort ! Reißen Sie ab !*[1]

« Je vais crever ! Je vais crever ! » se répète François tout en déguerpissant. Soudain, une tranchée s'ouvre à droite. Il saute dedans. Au passage d'une chicane, son fusil s'accroche, le faisant chuter comme si on l'avait attrapé par le col. Il jette un regard en arrière et aperçoit un Allemand à ses trousses. Saisi de panique, il abandonne son arme et reprend sa fuite éperdue. Il s'immobilise en apercevant des ombres devant lui qu'il prend

1. Là ! Là ! Abattez-le !

pour des ennemis. Deux pas à gauche, il repère l'entrée d'une sape, en l'occurrence un simple renfoncement en cul-de-sac servant de poste de guet. Il s'y engouffre, priant le ciel que son poursuivant ne s'en soit pas aperçu. Au fond de la sape, il fait volte-face. C'est alors qu'il prend conscience avec horreur qu'il n'a plus de fusil. Si l'Allemand surgit, il sera comme un agneau devant un loup. Et il repense à son couteau, celui que pépé lui a offert, en secret, pour ses onze ans. Il ne s'en sert que pour sculpter le bois ; aujourd'hui il lui sauvera peut-être la vie. Avec précipitation, il le sort et déplie la lame. Soudain, il se retrouve face à un Allemand qui paraît tout aussi surpris que lui. Les deux hommes se dévisagent avec la même expression de peur. Ils ont le même âge et la même boue macule leur uniforme. L'Allemand se tient à l'entrée de la sape, fusil prêt à faire feu.

– *Nein… Nein*, articule François.

C'est le seul mot germanique qu'il est en cette circonstance capable de prononcer. Le coup part, la balle déchire la manche droite du Français qui ressent une vive brûlure au niveau du biceps. Dans son hésitation à tuer un homme les yeux dans les yeux, le jeune Allemand a raté sa cible qui saisit aussitôt sa chance. François attaque en poussant un cri sauvage comme il l'a si souvent fait à l'exercice, sans jamais songer qu'un jour ce serait pour sauver sa peau. Il se jette littéralement au cou de l'Allemand. Les deux hommes s'empoignent, pivotent, dansent pourrait-on croire, casque contre casque. François tente une première fois de planter son couteau dans le ventre de son adversaire. Son bras, ou sa volonté, n'y met pas assez d'énergie. La lame entaille à peine la toile grise de l'uniforme. Ils roulent à terre. Puis une voix connue s'écrie :

— Tiens bon, François, je le perce !

Comprenant tout à coup qu'il va perdre la vie, le jeune Allemand lève les mains et hurle :

— *Nein ! Nein, Bitte ! Bitte !*

Une baïonnette s'enfonce dans son épaule, lui tirant un cri aigu.

— Pousse-toi, François, je l'achève !

— Non, s'il te plaît, c'est moi, c'est... c'est mon prisonnier !

Interloqué, le Français reste hésitant. Un mitraillage à proximité le presse de poursuivre la contre-attaque. Il lâche un juron, puis s'éloigne en direction de la première ligne. François tire l'Allemand blessé dans la sape, pour éviter que tous deux ne soient piétinés par les dizaines de poilus qui montent à la reconquête du terrain perdu. Les jeunes gens, assis l'un en face de l'autre, l'un se tenant l'épaule, l'autre le bras, se dévisagent fixement. Ils n'ont pas besoin de parler pour se comprendre...

15
Nouvelles du front

Accoudé au muret de la porcherie, Émile médite, le regard perdu dans le fond de l'auge vide. Alphonse, vingtième du nom, a depuis longtemps été sacrifié... et digéré. Le bœuf Gaspard a connu le même sort, sauf que ce sont les poilus qui se sont chargés de l'avaler. Réquisitionnées aussi, la percheronne Georgette, et cette pauvre vieille Lucette, une Normande qui produisait autant de lait qu'une chèvre.

– Ha, bon Dieu de guerre ! soupire le fermier en se passant machinalement l'index sur sa moustache devenue grise.

Il pense à son fils, sans arrêt, sans véritable inquiétude car il est persuadé qu'il reviendra, peut-être pas en un seul morceau, mais il reviendra ! Ou alors, « c'est qu'y a pas de bon Dieu sur terre » ! Un appel le fait tressaillir.

– Émile ! Émile !

Le fermier se retourne, le cœur serré, car il a reconnu la voix du facteur qui arrive à bicyclette... L'homme est souriant, c'est bon signe.

– Y' a une lettre de ton François ! crie le « préposé aux bonnes nouvelles ».

On l'appelle ainsi car, depuis le début de la guerre,

c'est plutôt M. le maire qui apporte les mauvaises. Joséphine sort de la maison comme s'il y avait le feu. Elle court à la rencontre du facteur et pour ainsi dire le saisit au vol. Fébrile, tenant comme une sainte relique l'enveloppe venue du front, elle rejoint son mari.

— Tiens, l'Émile, ouvre-la, moi je peux pas.

Comme chaque fois, son homme se dévoue alors qu'il a aussi peur qu'elle de ce que pourrait leur apprendre la lettre de son fils. Le facteur approche, pour écouter discrètement.

— Y' a deux feuilles ! annonce Émile.

Son sourire s'élargit en lisant les premières lignes.

— Dis donc, vieil égoïste, tu nous la lis, cette lettre ! le gronde sa femme.

Le paysan se racle la gorge et commence une lecture hésitante, butant sur certains mots :

— *Mes bien chers parents, d'abord et sans attendre : TOUT VA BIEN !* (Joséphine en applaudit de bonheur.) *Je n'ai pas pu vous écrire depuis quelque temps, mais c'est normal. Ici, on a de quoi s'occuper : il y a les exercices, les travaux dans les tranchées, le renforcement des fortifications et parfois les corvées de patates… Ah ! elles me manquent nos écuries, que je grognais après quand papa me les donnait à curer. Les copains sont tous d'agréable compagnie. On joue aux dés ou aux cartes. Les plus cultivés lisent des livres et moi je taille dans des rondins toutes sortes de sujets que vous seriez impressionnés. Dire que c'est les vacances ici serait un peu exagéré, mais y' a pire ailleurs. Alors, surtout ne vous en faites pas, je ne risque pas grand-chose. Les Boches lancent quelquefois des attaques et toujours pour rien. On leur botte le train et ils retournent d'où ils viennent. Je suis dans un secteur très calme et je vais y rester sûrement jusqu'à la fin de la guerre. Bon, je vous laisse car j'ai le ménage à faire dans ma chambrette de tranchée, un peu humide je dois dire. Je vous aime comme c'est pas possible de l'écrire, c'est pourquoi je reviendrai dans l'état où vous m'avez vu partir. Je pense beaucoup à Lucie aussi. J'ai pas eu de nouvelles depuis quelques semaines et ça me travaille un peu. Si vous en savez plus... Et si vous la voyez, embrassez-la pour moi. Votre fils qui pense bien à vous. François.*

Émile termine sur un soupir de soulagement. Il dormira mieux cette nuit.

Sur le parvis défoncé d'une église reconvertie en hôpital militaire, un convoi d'ambulances vient d'arriver. Les personnels soignants se hâtent, avec précaution cependant, de descendre les blessés et parfois les morts. Une infirmière, qui aide un soldat à clopiner jusqu'à une chaise, est interpellée par le médecin major :

– Lucie, j'aurais besoin de vous une minute !

– J'arrive, major !

La jeune femme installe son blessé, puis lui adresse un bref sourire avant d'aller rejoindre le chirurgien, dont le tablier est souillé de sang.

– Je vais retourner opérer, annonce le médecin. Pourriez-vous trouver un maximum de linge pour les pansements ? On n'a plus grand-chose.

– Je m'en occupe tout de suite, major.

– Faites-les laver.

– Bien sûr.

Lucie se met aussitôt à l'œuvre. Pour ce faire, elle se rend dans la partie de l'église-hôpital réservée aux blessés légers, légers au sens où ils ne sont pas agonisants, ou à ce point mutilés qu'ils ne soient plus capables ni de bouger ni de communiquer. Elle s'approche d'un premier poilu à grosses moustaches, qui fume paisiblement sa pipe, assis sur une caisse. De sa jambe droite, il ne reste qu'un moignon au bandage rougi.

— S'il vous plaît, nous avons besoin de tissu pour les pansements, auriez-vous quelque chose que vous pourriez me donner ?

L'homme la considère en fermant à demi un œil.

— Possible, mignonne. Bougez pas.

Il se penche et soulève en grognant son havresac. Il en tire un grand mouchoir portant ses initiales.

— Ça vous irait, ça ? C'est tout ce que j'ai.

— C'est mieux que rien. Merci, dit-elle en s'emparant du carré de tissu.

Elle renouvelle sa demande à tous les hommes qui se délestent, quand ils le peuvent, qui d'une chemise, qui d'une serviette… un manchot accepte même d'arracher la manche dont il n'aura plus jamais usage. Un caporal alité, atteint à la tempe par un éclat de grenade, propose la chemise qu'il porte sous sa veste d'uniforme, mais Lucie la refuse avec douceur :

— Non, gardez-la. Je ne prends que les affaires qui ne sont pas indispensables.

— Dans deux jours j'serai mort. J'ai pris une sacrée prune, savez. M'ont pas raté, les Boches.

— Je vous assure, caporal…

— Allons, pas de chichis… Aidez-moi.

Les blessés ont afflué à un tel rythme ces dernières heures, qu'elle se laisse convaincre.

— Vous êtes de quel régiment ? demande-t-elle en lui ôtant sa veste tachée de grandes plaques brunes.

Le soldat fronce les sourcils, comme si cette question lui posait un problème de mémoire.

— Quel régiment ? Le… treize… le quatre-vingt-treize.

– Le quatre-vingt-treizième ! s'exclame Lucie.

Son cœur s'emballe. Cela fait des jours qu'elle essaie de trouver un fantassin qui appartiendrait à la même unité que son François.

– Ouais, et alors ?

Elle prononce le nom de famille de son fiancé. Le soldat se gratte derrière l'oreille, sous son pansement.

– François ? Oui, je le connais, déclare-t-il enfin. L'est mort y' a pas bien longtemps. Une grenade dans la tête.

Lucie devient livide. Le soldat continue :

– L'était pas beau à voir, le François. D'ailleurs, on n'aurait pas pu le reconnaître tellement qu'il était amoché.

– Il... il était brun ?

– C'est ça.

– Il aimait sculpter le bois.

– Ouais.

Elle lui donne le nom de son village natal. Il acquiesce. De même au nom des parents, puis des amis de François. Ne supportant plus le feu roulant des questions de l'infirmière, il se prend la tête à deux mains. Lucie, suffocante, recule entre les lits. Prise de vertige, elle manque de tomber, soutenue de justesse par un brancardier.

– Holà, Lucie ! Il va falloir vous reposer.

– François, François est mort ! bredouille-t-elle.

– Votre fiancé ? Qui vous a dit ça ?

– Ce caporal. Il est du 93ᵉ, il l'a vu mourir sous ses yeux.

– Lui ? Impossible, c'est un sapeur du 116ᵉ. Un bout de ferraille dans le temporal lui a grillé la mémoire. Le pauvre n'est même plus capable de se souvenir du prénom de sa mère.

L'annonce de la mort de François l'avait assommée,

celle de sa résurrection l'achève. Elle s'effondre aux pieds de son collègue.

Le médecin major accorde à Lucie quelques heures de repos… obligatoires ! Elle obtempère en se rendant dans la maison du curé qui sert de cantonnement au personnel de santé. Elle s'allonge sur un lit de toile et s'endort dans la minute qui suit. Un homme vient cependant la réveiller une heure plus tard.

– Mademoiselle Lucie ?

– Hein… Heu, oui, j'arrive ! répond la jeune femme en se redressant vivement.

– Non, vous pouvez encore vous reposer, mais le vaguemestre vient d'apporter une lettre pour vous. Alors j'ai pensé que…

Elle lui arrache littéralement des mains l'enveloppe froissée qu'elle ouvre fébrilement. Elle en contient une autre avec une lettre de sa mère. Après l'avoir parcourue aussi vite que le permettent ses yeux rouges de fatigue, elle décachette l'autre pli.

– C'est votre amoureux ? s'enquiert le soldat avec un sourire entendu.

Mais pour elle en cet instant, le monde extérieur n'existe plus. Dès le début de la lecture, les larmes roulent sur ses joues pâles :

Ma chère et douce Lucie, mon amour, j'ai écrit tout à l'heure à mes parents et je leur ai donné des nouvelles plus que rassurantes, idylliques. Mais à toi, je ne peux pas raconter de blagues, même pour la bonne cause. Ici, c'est l'enfer, comme jamais j'aurais cru que ça puisse exister. Mais sûrement que toi, de ton côté, tu en reçois ta part. J'ai appris que tu t'étais rapprochée du front. Peut-être que nous sommes tout proches l'un de l'autre sans le savoir.

De toute façon, tu es sur mon cœur en permanence et dans ma tête jour et nuit. Côté nouvelles, je vais bien. Mais je me demande comment c'est encore possible. Pas une égratignure ! Ah si, un rat gros comme un chat m'a mordu le petit doigt pendant que je dormais. J'ai pissé le sang comme si j'avais pris un éclat d'obus. Nous allons être relevés, demain je crois. Ça fait à peine dix jours que je suis en première ligne, mais j'ai déjà engrangé dans ma caboche assez de souvenirs à raconter à nos petits-enfants pour les tenir dix ans en haleine. D'ailleurs, j'ai l'impression d'avoir vieilli de dix ans. Bon, sinon, j'attends ma première permission avec l'impatience que tu imagines. Est-il possible que nous nous retrouvions en même temps chez nous ? J'essaierai de te le faire savoir d'une manière ou d'une autre, par transmission de pensée s'il le faut, dès que je le saurai. Encore un mot avant de prendre mon tour de guet, un seul : je t'aime (ça en fait deux, mais c'est les plus beaux du monde). Un jour, ça finira bien, cette connerie.

Ton François.

Lucie relit plusieurs fois la lettre, puis elle se recouche et se rendort en songeant qu'elle lui répondra dans la journée...

Un peu plus tard, un cauchemar horrible la réveille en sursaut.

16
Nuit de sueurs froides

François se réveille en sursaut dans le minuscule abri de terre qui lui sert de refuge. Il a rêvé qu'un obus lui arrachait les mains et qu'il ne pouvait plus travailler le bois. Il en frissonne encore et ne peut s'empêcher de se les frotter l'une contre l'autre pour s'assurer que ce n'était bien qu'un cauchemar. Un pâle rayon de lune pénètre dans l'alcôve humide, éclairant faiblement le rondin qu'il a commencé de dégrossir. Il a entrepris de réaliser de mémoire, mais aidé du portrait photographique qu'il possède, un buste de Lucie. Il espère bien l'achever avant sa permission et laisser son œuvre dans la chambre de la jeune fille, à l'école... Un homme en képi se découpe brusquement en ombre chinoise devant l'entrée.

– Préparez-vous à partir en mission. François. Il nous faut un ou deux Boches.

– Quoi ? Mais... l'escouade était déjà désignée !

– Granjean a pris une balle dans la tête, vous le remplacez.

– Mais, mon lieutenant, on doit être relevés demain matin.

– Pas de discussion. Noircissez-vous le visage. Départ dans dix minutes.

Un ordre ne se discute pas en effet. Personne n'oserait se rebeller, même si ce n'est pas l'envie qui en manque parfois. Et puis qui voudrait affronter le conseil de guerre ? François quitte donc son abri, songeant qu'il est peut-être en train de vivre sa dernière heure. Il a quelques raisons de s'inquiéter. Sur les trois patrouilles de la nuit précédente, aucune n'est revenue, hachées par des tirs croisés de mitrailleuses et de grenades. Les Allemands sont plus vigilants et nerveux que jamais. Une offensive se prépare, c'est évident. Pourtant, le commandement français veut en avoir confirmation, c'est pourquoi il lui faut des prisonniers, quel qu'en soit le prix en vies humaines, tant il est vrai qu'elle pèse bien peu, la vie d'un biffin, dans les décisions des généraux. La seule solution pour réussir à capturer ce « un ou deux Boches », c'est d'attaquer un des groupes qui chaque nuit modifient ou replacent les défenses sur le no man's land.

François rejoint trois camarades dans un poste avancé. Comme lui, ils se sont noirci le visage à la suie, ont ôté leur casque et se sont délestés de tout ce qui peut émettre un cliquetis ou gêner leur reptation. Par contre, ils emportent chacun un poignard et une dizaine de grenades.

— Allez-y. Et bonne chasse les gars ! les encourage le capitaine.

— Souhaitez-nous plutôt bonne chance, grommelle un des « volontaires ».

— Ou bonne danse, ajoute un autre avec un sourire amer.

— Vous connaissez tous le mot de passe ? s'inquiète brusquement l'officier.

— Madelon, dit François.

Sur ce, ils agrippent les échelles.

C'est la première fois que François quitte l'abri boueux de la tranchée pour s'avancer sur le no man's land. Son cœur bat la chamade mais, curieusement, il éprouve un petit pincement d'excitation à l'idée d'aller narguer l'ennemi presque sous son nez. D'un rapide coup d'œil, il explore les alentours. Le rebord des trous de marmite et le sommet des bosses luisent sous la clarté lunaire, tandis que le moindre creux est comme une tache de ténèbres. Par endroits, des touffes d'herbe à moitié grillées ont survécu aux bombardements. Les chevaux de frise, barbelés et autres systèmes de défense français seront plutôt faciles à franchir, mais ensuite… c'est l'inconnu. Les Allemands ont-ils placé des pièges à feu ? Ont-ils suspendu des clochettes à des fils pour repérer les approches suspectes ? Les quatre hommes parcourent les premiers mètres en courant, dos courbé, sautant comme des chevreuils par-dessus les obstacles. Mais dès qu'ils ont franchi les barbelés de leurs lignes, ils se jettent à plat ventre. Le sol est caillouteux et souple à la fois, jonché d'une quantité invraisemblable d'objets, les plus singuliers étant des gamelles cabossées, les plus dangereux, les munitions n'ayant pas explosé, les plus macabres des restes humains en décomposition. Ainsi François pose-t-il la main sur des ossements et le regard sur le crâne au sourire grimaçant d'un soldat français, ou peut-être allemand, que personne n'a eu le courage de venir chercher.

— Psitt ! fait un camarade sur sa droite.

Il le rejoint dans un entonnoir.

— Nous restons tous les deux, chuchote-t-il. Philibert et Mathias vont se planquer un peu plus à gauche, derrière les souches. Ça ıra ?

– J'espère, répond honnêtement François. Je te suis, Germain, comme ton ombre.

Le biffin lui donne une tape amicale sur l'épaule, puis rampe hors de l'entonnoir. Se traînant sur les coudes et la pointe des pieds, comme des enfants jouant à la tortue, ils progressent vers les lignes allemandes. Ils s'arrêtent dans un nouveau trou, cette fois à moins de trente mètres des guetteurs ennemis. Leurs sens sont si aiguisés qu'ils captent jusqu'au grattement d'un mulot. Et lorsqu'ils entendent un claquement métallique, leur cœur se serre comme une éponge. Cela ressemblait au bruit de la sécurité d'un pistolet qu'on enlève. François transpire abondamment, malgré la fraîcheur nocturne. Comme Germain, il s'efforce de maîtriser son souffle, de manière à ce que le sifflement de l'air s'engouffrant dans leurs poumons avides d'oxygène ne les trahisse pas.

Un long moment, ils restent immobiles, scrutant la tranchée adverse où, de temps à autre, ils discernent un furtif mouvement : celui d'un casque se hissant au-dessus du parapet, celui d'une pelletée de terre qu'on jette par-dessus bord… Une sentinelle chuchote quelques mots. François est maintenant persuadé que s'ils ne sont pas déjà repérés, ce n'est plus qu'une question de secondes. Mais les secondes s'égrènent et les mitrailleuses se taisent toujours. Il essaie de se détendre, songeant qu'il n'est pas près d'oublier cette trouille affreuse qui lui tenaille les tripes et lui ramollit les guiboles. Tout à coup, son ami l'avertit qu'il se passe quelque chose du côté des Boches.

Allongés sur la pente du trou, les Français observent trois silhouettes qui quittent discrètement la tranchée. Deux sont armées d'une grande pince coupante, la troisième d'un pistolet.

– Y s'en vont couper nos barbelés, murmure Germain.

Quand ils passeront par là, je zigouille le Boche au couteau et toi, tu t'occupes d'un des deux autres.

– Et le troisième ? s'inquiète François.

– Y déguerpira comme un lapin, ou alors j'essaierai de lui sauter sur le poil. Ote ton ceinturon, tu t'en serviras pour choper ton gars par-derrière. Compris ?

François acquiesce. Il a été entraîné à ce genre d'opération, mais jamais il ne l'a vécue *en vrai*. Il prend une grande goulée d'air frais pour se donner du courage. Tandis qu'il dégrafe sa ceinture avec la lenteur d'un caméléon, son compagnon dégaine son poignard en veillant à ne pas faire racler la lame contre le fourreau.

Germain a bien choisi leur trou d'embuscade. Compte tenu des obstacles et des défenses, le commando allemand est pratiquement obligé de passer près d'eux. L'ennui, c'est que celui qui tient une arme à feu avance en tête. François comprend qu'ils n'auront pas droit à l'erreur. Le geste est inhabituel chez lui, mais il se signe, puis il prie le ciel pour éviter de prendre un sale coup. Il se concentre sur l'approche du trio, facile à suivre à l'oreille. Le bruissement de pas cesse d'un coup. Les deux Français bloquent leur respiration. Le cœur de François cogne si fort qu'il a l'impression qu'il va exploser. Et voici que ses muscles le lâchent soudain ! Les Allemands ont-ils entendu quelque chose ? Ils échangent des mots à voix ténue. Germain et François se fixent mutuellement, et entre eux s'établit un dialogue silencieux, terriblement tendu : « Tiens-toi prêt. Dans cinq secondes. Il ne faudra pas hésiter, sinon t'es mort ! Ils sont là ! T'es prêt ?... MAINTENANT ! »

Ils se dressent et se ruent à l'attaque. Les trois Allemands, à plat ventre, sont saisis de stupeur. Germain s'abat comme un aigle sur le premier. Un coup de feu claque. François se jette sur le second, essaie de lui passer son ceinturon autour du cou. Le troisième se relève, brandit sa pince coupante, mais il n'a pas de temps de l'abattre ; une balle tirée par l'un des deux autres Français lui perfore la tempe. Des cris retentissent, une fusée éclairante jaillit des lignes allemandes. L'adversaire de François se débat comme un diable, mais étant en mauvaise position, il est entraîné dans un entonnoir sans pouvoir se défaire de son garrot. Le son métallique d'une lame jaillissant de son fourreau indique qu'un des deux hommes a dégainé son poignard. La fusée éclairante chuinte au-dessus d'eux, illuminant leur lutte de gladiateurs dans ce cirque miniature.

– *Nein, Nein*. Che me rends ! implore l'Allemand en cessant de se débattre.

François a fait son deuxième prisonnier. D'un genou, il le plaque à plat ventre contre la pente du trou, poignard piqué sur la nuque. Après avoir assuré sa prise, il l'oblige à lui donner ses mains qu'il ligote maladroitement avec la ficelle prévue à cet usage. Il le retourne alors brutalement et lâche entre ses dents :

– Si tu bouges, t'es mort !

– *Ja, ja*... che comprends. Prisonnier.

– C'est ça, prisonnier.

Le tac-tac des mitrailleuses retentit dans l'obscurité. Les balles font gicler la terre autour du trou boueux. De toute évidence, les Allemands croient que leurs camarades ont été tués et veulent les venger par un déluge de feu. Bientôt, aux balles allemandes répondent les balles françaises, puis aux mortiers de tranchée, les mines sphériques. C'est maintenant l'artillerie des deux camps qui se déchaîne. Un vacarme épouvantable secoue le secteur.

François et son prisonnier, blottis l'un contre l'autre, solidaires malgré eux, sont littéralement ensevelis sous des gerbes de boue mêlée de pierres et de débris de ferraille. Malgré le fracas assourdissant, François entend le soldat allemand s'esclaffer et chanter comme un dément.

— Ça te fait rire ? l'interroge-t-il.

— Rire, oui ! C'est pour rire, ha ! ha ! ha !

François hausse les épaules, persuadé que le pauvre a perdu la raison. Mais comme il le comprend ! Lui, ça ne fait que quelques jours qu'il vit cet enfer, contre peut-être plusieurs mois pour ce soldat.

Après une demi-heure ou peut-être une heure de ce marmitage, un calme précaire s'établit. François ne tarde pas d'ordonner à son prisonnier de sortir du trou.

— Allez. Et pas de blague, hein !

— De blague ? répète l'Allemand qui ne comprend pas ce mot.

Mais François n'est pas d'humeur à donner un cours de français.

— Ferme-la ! Ça, tu comprends ?

L'Allemand acquiesce en souriant. Pour un peu, François le trouverait sympathique. D'ailleurs, il l'est sûrement. Mais le jeune poilu doit se montrer ferme, on ne sait jamais. Il le pique de la pointe de son poignard pour le faire avancer, songeant en même temps qu'il n'est pas peu fier de son exploit. Peut-être obtiendra-t-il une médaille pour fait d'armes ? Sa pensée se fixe aussitôt sur Lucie : dans un flash, il se voit lui montrer sa décoration, recevoir un baiser… Ils rampent hors du trou. Alors, pour François toute vision de paradis disparaît, remplacée par celle de son camarade Germain gisant à quelques mètres, déchiqueté par la mitraille.

Des coups de feu claquent à nouveau. Les deux

hommes se plaquent au sol. Une fusée éclairante est tirée. L'Allemand se dresse sur un coude pour regarder vers sa tranchée. Il lâche un juron et quelques mots pouvant signifier : « Faites gaffe, les gars. Je suis là. » L'instant suivant, une balle tirée par l'un de ses propres frères d'armes l'atteint en plein front.

17
De la joie à la détresse

Pour récompenser le soldat François – de quoi, on se le demande ? d'être le seul survivant de la mission ! – le capitaine lui annonce qu'il peut se retirer quarante-huit heures à l'arrière. L'heureux bénéficiaire accepte d'un salut militaire, raide et sans sourire. Exprimer sa gratitude à cet homme, ne serait-ce que d'un mot, pense-t-il, serait le remercier de les avoir envoyés au massacre pour rien. Il attrape ses affaires dans l'abri puant qu'il partage avec douze autres biffins, et s'en va avec au cœur une amertume qui lui donne envie de vomir.

Après s'être rapidement « récuré » dans une rivière, il s'engage sur la route de l'arrière. Elle sera longue, mais chaque pas l'éloigne de l'enfer et c'est assez pour le mettre en joie. Il finit par arriver en vue de la ville, dont seules quelques maisons ont subi des dommages. Le soleil est déjà haut, le ciel bleuté et l'air d'une fraîcheur douce et caressante. Des camarades lui ont indiqué une bonne adresse où se changer les idées.

– Je t'y retrouverai demain soir ! lui a promis l'un d'eux.

François apprendra plus tard que le malheureux a été fauché par un obus, alors qu'il quittait la première ligne, guilleret comme un pinson.

L'axe autrefois tranquille menant à cette bourgade est, en ce matin de septembre 1916, une véritable voie romaine pour fourmis casquées. Il est saisissant de comparer les uniformes des troupes fraîches, bleus et propres, à ceux des survivants, couverts de boue séchée, souillés de sang noir, déchirés par les barbelés. Les jeunes recrues qui montent, en croisant les anciens qui descendent, ont des regards effarés et anxieux. A l'inverse, les autres n'ont pas de regard. Dans leurs yeux ne se lisent que l'éclat des bombes, le visage des morts, la fureur et la boue.

François se sent renaître en pénétrant dans la ville. Très vite, il retrouve le sourire en croisant des civils... et une femme en chapeau ! « Est-ce que je suis dans le même monde ? » se demande-t-il. Conformément à ce qu'on lui a conseillé, il se rend dans une rue où s'est ouvert un estaminet à soldats qui a la réputation de servir un vin correct. Il pousse la porte de l'établissement, s'étonnant d'éprouver un pincement au cœur.

Il est près de midi, la salle est bondée, enfumée et bourdonnante. François repère le comptoir derrière une haie de soldats moustachus. Il doit batailler pour s'en approcher, mais c'est presque un plaisir, d'autant qu'il ne perçoit aucune agressivité chez ces combattants au repos.

– Je peux avoir un verre de vin, s'il vous plaît ? demande-t-il à un bonhomme joufflu qui acquiesce et le sert en criant :

– Voilà gamin !

« Gamin ? pense François avec amusement. J'ai donc encore une tête de jeune homme ? » Dans l'éclat de miroir dont il se sert pour se raser, il a plutôt vu ces derniers temps un soldat épuisé, aux joues creuses et à la peau comme tannée par le temps. Mais ce n'était qu'une vilaine illusion due à l'épuisement. Il a dix-neuf ans et cela se voit... encore.

Il soupire d'aise, puis se retourne, verre à la main, pour contempler ces êtres humains qui parlent comme des maquignons, rient comme des stentors et bougent comme des ours. Soudain, une voix retentit qu'il reconnaît immédiatement :

— Nom de Dieu, un Pied Nickelé ! Je le crois pas ! François !

Un jeune homme blond s'avance vers lui et l'enlace avec assurance comme un frère. Il s'esclaffe et son ennemi d'enfance rit avec lui.

— Salut, Alphonse ! s'exclame François plus ému qu'il ne le voudrait. Si je m'attendais !

Ils s'étreignent encore plusieurs fois, avec virilité, puis se donnent des nouvelles, omettant l'un comme l'autre d'évoquer les souvenirs de sang qui hantent déjà leur mémoire.

— T'es tout seul ? demande Alphonse.

— Oui. Enfin, non... plus maintenant.

— C'est vrai ! Puisqu'on s'est retrouvés, on se quitte plus.

De fait, ils passent le reste de la journée ensemble, s'épuisant en rires et en récits d'enfance. François finira par connaître toute la compagnie d'Alphonse, en cantonnement dans l'une des casernes de la ville. Le soir venu, l'ex-Branquignole propose à son copain de l'emmener dans un « petit troquet sympa où y' a toujours des spectacles marrants » !

— T'es d'accord ? demande-t-il avec une expression de tendre amitié comme jamais François n'en a vu sur ce visage gouailleur.

Les voici donc, bras dessus bras dessous, qui se rendent au crépuscule dans un quartier assez fréquenté où se sont ouverts quelques établissements, mi-cabarets mi-bistrots, qui ont la charge de distraire les troupes et de faire tourner l'économie locale. Alphonse pousse littéralement son ami dans l'un d'eux en lui donnant cet ordre :

– Passé cette porte, interdiction de penser au passé ou à l'avenir. Il n'y a que le présent qui compte, la rigolade… et le pognon, hélas !

Bien qu'il n'ait jamais été grand amateur de ces lieux enfumés et bruyants, François est bien content que le Branquignole l'emmène ici. En temps normal, passé huit heures du soir, il aurait refusé, mais en temps de guerre… Ils sont aussitôt accueillis par un patron hilare, à la voix forte, qui visiblement connaît bien Alphonse et lui promet sa « meilleure table ». De fait, les deux amis sont placés à deux mètres à peine d'une petite scène sur laquelle chante, ou plutôt s'égosille, une jeune femme. Sans qu'ils aient passé commande, une serveuse enjouée mais épuisée leur apporte d'office une bouteille de vin et deux verres. Alphonse les remplit presque à ras bord, trinque « à la vie, à la mort », puis vide d'une traite le sien. François comprend que son ami a décidé de s'enivrer, mais il ne le suivra pas. Il regarde la chanteuse qui danse, avec une touchante maladresse, et se fait odieusement brocarder. Le visage de Lucie lui revient brusquement en mémoire et aussitôt la mélancolie s'empare de lui. Alphonse lui parle, il fait semblant de l'écouter et s'efforce de sourire avec naturel, mais son regard fuyant trahit son véritable état d'esprit. La mélancolie devient tristesse et la tristesse chagrin.

Après un quart d'heure, il se lève brusquement.

– Excuse-moi, je… il faut que je sorte !

Sans plus d'explication, il traverse la salle qui hurle de rire à l'entrée fracassante d'un comique troupier, puis se retrouve dans la rue suffoquant comme s'il avait respiré un gaz asphyxiant. Alphonse le rejoint, inquiet.

– Eh alors, mon vieux, ça va pas ?

François le fixe avec une poignante expression de détresse.

– Si tu savais comme elle me manque, lâche-t-il dans un souffle.

Des larmes lui montent aux yeux. Alphonse hoche la tête et songe : « Il n'a pas changé, le Pied Nickelé. »

18
La permission

Depuis deux semaines, Lucie est en convalescence chez ses parents, dans le petit appartement de l'école communale. Lors d'un bombardement, un obus de gros calibre a frappé l'église-hôpital. Une partie de l'édifice s'est effondrée sur les blessés et ceux qui les soignaient; un vrai carnage. Lucie a été légèrement blessée à la tête, ce qui lui a valu ce repos forcé. Il était prévu de vingt jours, mais demain elle repart, contre l'avis de sa mère. Elle ne peut supporter plus longtemps d'être éloignée de François. Par-dessus tout, elle redoute qu'il change de position alors qu'elle avait réussi à se rapprocher de lui, à moins de trente kilomètres! Son père, qui bien sûr aimerait lui aussi qu'elle reste, est plus compréhensif. Bien que demeuré aveugle à la suite de ses terribles blessures, il ne souhaite pas que sa fille le pouponne alors que, à l'est, tant d'hommes ont un cruel besoin des infirmières. Et puis, il perçoit la détresse de la jeune femme, ce qui rend plus pénible encore les heures lentes de sa nuit perpétuelle.

Il est presque midi quand une moto pétaradante traverse la place du village. Elle ralentit, puis s'arrête devant l'école. Deux hommes la chevauchent dont, à l'arrière, un soldat permissionnaire qui regarde longuement la façade du bâtiment. Il paraît hésiter, puis frappe l'épaule du conducteur pour lui indiquer de repartir. Dans le salon, Lucie interrompt la lecture à voix haute de Jules Verne qu'elle fait à son père. Dans un fol espoir, elle a imaginé que François aurait pu se trouver sur cette moto qui a perturbé la tranquillité du village, puis est repartie. Du coup, elle a perdu le fil de *Vingt Mille Lieues sous les mers*. Elle le reprend, mais sa voix n'a plus le même entrain.

Après quelques kilomètres, la moto s'engage sur un chemin de terre. Elle s'arrête à une centaine de mètres de la ferme d'Émile. Le passager descend.

– Tu es sûr que tu ne veux pas venir ? demande-t-il au conducteur.

– Non, François. J'ai hâte de rentrer. Allez, mon vieux, cours. J'en connais que ça va leur faire une sacrée surprise !

François remercie cet ami d'enfance qu'il a trouvé par hasard à la gare, à la descente du train. Ce train, il l'a attendu deux jours près du front, bivouaquant sur les quais, pestant avec les centaines d'autres permissionnaires qui comme lui ont vu filer bêtement de précieuses heures de liberté. Tout ça parce que l'armée et ses généraux n'ont prévu aucun train, se moquant comme d'une guigne du sort de leur chair à canon, surtout quand elle prend du repos.

Son sac sur une épaule, le calot bien en place, le manteau dépoussiéré et les boutons astiqués, François marche vers la ferme de son enfance. L'appréhension lui tord l'estomac, comme lorsqu'il arrivait à l'école, le jour de la rentrée. Combien de fois a-t-il imaginé ce moment magique et émouvant où sa mère, l'apercevant de loin, courrait à sa rencontre en criant de joie? Et où son père resterait pétrifié au milieu de la cour, répétant comme un automate son juron favori : « Bon sang de bois ! » Mais c'est avec une pointe de déception que le jeune homme entre dans une cour déserte. Même Rosette, la vieille chienne boiteuse, est invisible. Une violente angoisse l'étreint ; la mort a tant de fois frappé sous ses yeux, qu'il a oublié qu'elle peut aussi faucher les civils. Sans cogner à la porte, il entre dans la grande salle de l'habitation. Aussitôt, une odeur familière, mélange de bois, de fromage et d'herbe fraîche, l'accueille. Joséphine, occupée à peler des pommes de terre près du grand poêle à bois, lève le nez.

– Oh Dieu ! Mon François ! s'étrangle-t-elle, les yeux écarquillés.

Elle en renverse sa bassine.

– Holà ! Doucement, maman ! dit le soldat en riant. Ce n'est que moi !

La suite est conforme à ce qu'il avait imaginé.

Émile sort de la grange, un seau à la main, Rosette trottinant sur ses talons. La chienne pousse un jappement enroué par la vieillesse.

– Eh ben, ma jolie, qu'est-ce qui te prend ? fait le maître, s'étonnant de la voir agiter ainsi la queue.

Et se grattant derrière la tête, il aperçoit son garçon sur le perron de la maison, souriant, beau comme un guerrier des temps modernes.

– Bon sang de bois ! souffle Émile en posant son seau de peur de le laisser tomber.

La famille est à nouveau réunie autour de la longue table de noyer, les yeux brillants d'amour pour son jeune héros. On lui donne quelques nouvelles, plutôt rassurantes, de son oncle et de quelques cousins récemment mobilisés, mais on n'ose pas le harceler de questions, d'autant qu'il avale la soupe au chou de Joséphine avec un appétit qui fait plaisir à voir.

— Mon Dieu ce que t'as les joues creuses ! fait sa mère. Mais on ne vous donne donc pas à manger sur le front ? s'offusque-t-elle.

— Si... mm, mais... miam, c'est quand même moins bon qu'à la maison.

— Reprends une patate !

Joséphine sort de la soupière une pomme de terre géante.

— Merci, maman, mais...

— Allons, pas de chichis !

Émile décide d'intervenir :

— Nom de Dieu de bon Dieu, mais laisse-le donc tranquille, c'te gamin ! C'est pas vrai ! Au front, les Boches font crever nos jeunes à coups d'obus, et à l'arrière ce sont les mères à coups de patates !

La réplique de Joséphine ne se fait pas attendre. François sourit, on s'énerve, mais c'est de bonheur. Et c'est chouette, le bonheur ! Une ombre passe soudain sur le visage du permissionnaire.

— Vous... vous avez des nouvelles de Lucie ?

Ses parents échangent un regard teinté d'une complicité suspecte.

— Elle a été blessée, annonce Joséphine comme si elle parlait du chat de la voisine.

— Quoi ! s'écrie François.

— Mais juste un petit peu. Ce qui faut pour avoir droit à des vacances à la maison.

Le jeune homme blêmit.

– Mais alors, ça voudrait dire qu'elle…

– Ben voui ! répond son père avec un petit haussement d'épaules.

François bondit littéralement de sa chaise. Il embrasse père, mère, grand-mère et Rosette puis déguerpit comme un galopin.

Dans le même temps, quelqu'un frappe à la porte de M. l'instituteur. C'est un des jeunes du village, porteur d'un message pour Lucie de la part du garde champêtre.

– Il n'a pas pu venir lui-même, vu qu'il est en train de réparer son vélo qu'il a crevé sur la route du Coteau. Enfin bon, voilà (Lucie fronce les sourcils et ses doigts commencent à trembler), le François de l'Émile, il est revenu en permission. Le garde l'a croisé tout à l'heure, l'était sur une moto et…

Lucie pousse un cri qui fait tressaillir le garçon. Elle l'embrasse, disparaît dix secondes dans l'appartement, reparaît en tenant son canotier à fleurs sur sa tête encore ceinte d'un léger bandage. Puis elle dévale quatre à quatre les marches de bois de l'escalier de l'école et saute sur son vélo…

Les deux amoureux s'aperçoivent de loin à la sortie du village, sur une petite route goudronnée. Aussitôt, ils s'adressent des saluts de la main et forcent sur les pédales. Quelques secondes plus tard, ils tombent dans les bras l'un de l'autre, crient, rient, dansent, s'embrassent et finalement roulent sur l'herbe du bas-côté.

– François, mon François, mon amour, je ne veux plus qu'on se quitte, plus jamais !

Le jeune soldat baisse les yeux.

– Je ne reste que dix jours, tu sais.

– Et moi, je dois repartir dans… je ne sais plus.

Dans dix jours aussi ! On restera ensemble chaque minute, mon François, chaque seconde !

Elle ne peut poursuivre, l'émotion la submerge comme un raz de marée.

19
La mort dans l'âme

Comme promis, ils ne se quittent plus, pas une minute, pas une seconde. Le déjeuner avalé, les tourtereaux filent sous le regard attendri de Joséphine et d'Émile dans la grange à foin, qui va résonner longtemps de cris et d'exclamations joyeuses. Puis brusquement, plus rien.

Épuisés, mais euphoriques, les amoureux sont convenus d'une trêve. Cachés tout au fond du bâtiment, derrière une montagne d'herbe sèche, ils s'embrassent. Lucie défait délicatement les boutons de la chemise de François et découvre, suspendu au cou du jeune homme, son portrait de bois.

– Tu l'as toujours ? s'étonne-t-elle.

– Et comment ! J'avais commencé une sculpture de toi, mais je n'ai pas pu l'emporter. Un obus a eu la méchante idée d'écraser mon abri. Mais c'est pas grave, je recommencerai.

– C'est dangereux, dans ton secteur ? s'inquiète-t-elle, le cœur serré.

– Hof ! Y' a pire ailleurs. Il paraît qu'à Verdun, ça dépasse tout. J'espère bien ne jamais y aller.

Lucie retrouve le sourire. Ses joues s'empourprent.

– Dites-moi, soldat, fait-elle en prenant un air sérieux,

la dernière fois que nous nous sommes retrouvés ici, vous aviez commencé une expérience fort intéressante. Si je me souviens bien, nous nous en étions arrêtés à… voyons… au baiser langoureux.

François prend à son tour un air doctoral.

— C'est ma foi vrai. Mais si nous poursuivons, Dieu ne va pas apprécier.

— Dieu ? Et pourquoi donc ? Dieu serait-il contre l'amour ?

— D'après monsieur le curé…

— Tss, tss ! Dieu n'interdit pas l'amour, ou alors c'est qu'il n'aime pas le bonheur. Et puis je m'en fiche moi, j'aime le bonheur et je t'aime !

Elle n'en dira pas plus. Ses yeux prennent le relais…

A son neuvième jour de permission, François reçoit un message de l'état-major qui l'informe que sa compagnie a été affectée dans un nouveau secteur. En découvrant lequel, il manque de défaillir. Lucie, qui aide Joséphine à étendre une nappe neuve sur la table, s'approche de lui. Le facteur reste là, comme à son habitude, l'oreille aux aguets, faisant semblant d'attendre qu'on lui offre un verre.

— Qu'est-ce que c'est ? demande la jeune femme d'une voix blanche.

François se force à sourire et dit d'une voix forte en lui tendant la missive :

— Oh rien ! Ma compagnie est déplacée dans un petit coin tranquille. On sera comme aux fraises.

Le pauvre est si pâle que Joséphine n'est pas dupe.

— Il est où, ton coin tranquille ? demande-t-elle.

C'est Lucie qui répond :

— Verdun.

– Mon Dieu ! C'est pas possible !

– Ben si, soupire François. Mais tu sais, même à Verdun il y a des secteurs qui ne sont pas du tout bombardés. Je suis sûr que c'est là qu'on ira. Et puis ils doivent tenir compte de ce qu'on a déjà subi.

– Je t'en fiche ! s'exclame sa mère. Bon, de toute façon, c'est comme ça. Mais faut pas que ton père le sache, l'est trop sensible. Y serait capable de nous faire une apoplexie…

– Je t'en ficherais d'une apoplexie ! lance Émile en entrant dans la pièce.

Ayant aperçu le facteur, il s'est dépêché de rentrer du jardin et a écouté depuis le perron ce qui se disait dans la maison.

– T'iras pas à Verdun, et pis c'est tout ! lance-t-il d'un air convaincu.

– Je n'ai pas l'intention de déserter, lui répond son fils avec douceur.

– Qui te parle de déserter ? Un accident de charrue, ça peut arriver, non ?

– Allons, papa, tu sais bien que je n'abandonnerai pas les copains.

– On dira que je t'ai roulé sur le pied. C'est pas bien compliqué, hein ?

François sourit d'un air songeur : « la fine blessure », celle qui vous éloigne du front pour longtemps, voire pour toujours, sans vous handicaper à vie, sans trop vous faire souffrir. Le rêve du poilu. Mais la fine blessure s'attrape sur le champ d'honneur, or François en a, de l'honneur, et plus que de raison ! Il remercie son père pour sa « fine idée », mais s'en tiendra aux ordres. Lucie ne dit rien. Elle le comprend, car elle-même ne voudrait pas abandonner son poste, dût-elle y laisser sa vie. Elle pense alors que sa vie, elle la donnerait sans hésiter pour que François ne perde pas la sienne.

Leur dernière nuit d'amour sera la plus belle et la plus triste.

Durant tout son voyage de retour vers l'enfer, François n'a pas ouvert la bouche. Il a regardé défiler le paysage par la fenêtre du train, l'esprit vide, l'estomac comme du plomb et les mains crispées sur son calot. Le train s'immobilise en rase campagne en fin d'après-midi, pour permettre aux soldats qui doivent se rendre à Verdun de rejoindre la Voie sacrée. Cette route est le cordon ombilical qui abreuve le front en sang frais et en bombes. En descendant du train, François s'aperçoit qu'on lui a volé son portefeuille, sans doute pendant qu'il dormait. Sur le coup, il serre les poings de colère et maudit le salaud qui... Puis il hausse les épaules, se disant que ses biens les plus précieux, Lucie en sculpture et Lucie en photographie, sont sur son cœur. La première est sous sa chemise, l'autre dans une des poches de poitrine de son manteau. Tel un somnambule, il rejoint la route encombrée de soldats et grimpe dans un camion qu'on lui désigne.

Au crépuscule, il retrouve les camarades de sa compagnie, du moins ce qu'il en reste.

– Albert est mort. Francis est mort. Juju s'est fait sauter la caboche avec une grenade qu'a pété trop tôt. Amable, le veinard ! Il a pris une balle dans l'épaule.

La liste continue, comme une distribution de prix, le prix du sang et de la gloire. François grimace à l'énoncé de certains noms. Celui-là avait trois enfants. Cet autre était un brave gars... Il soupire et regarde vers l'horizon qui s'assombrit à l'est.

– C'est là-bas qu'on va ? demande-t-il.

– Et ouais, mon gars.

Le grondement du feu roulant est comme le rugissement d'un dragon. Le paysage est aussi boueux et tourmenté que celui qu'il a quitté deux semaines plus tôt. A main droite, il aperçoit une élévation fortifiée. C'est le fort de Vaux, lui explique-t-on.

– Il paraît qu'on va devoir défendre une ruine quelque part à l'ouest.

– Ah ? Et c'est comment, là-bas ?

– A ton avis, patate ?

Effectivement, la question est idiote. Mais aucun des nouveaux venus ne se doute de ce qui les attend *là-bas* : un maelström de feu et de fer, empoisonné aux gaz de combat, un bourbier infâme où l'on crève de soif, un champ de bataille sans ligne fixe et continue, où l'on se bat et meurt dans des trous d'obus, dans des sillons à peine creusés, remplis de cadavres, de vermine et de rats...

– Rassemblement ! crie un officier.

Il fait presque nuit. Un homme se présente au sous-lieutenant pour l'informer que c'est lui qui guidera la compagnie jusqu'à celle qu'elle doit relever.

– Faudra pas me lâcher, prévient le soldat, parce qu'on y verra bientôt pas plus que dans un caveau. Celui qui se perd, il est mort.

– Et les autres ? lance avec ironie un biffin.

– Ah ben, les autres aussi, mais plus tard, réplique le guide sans sourire.

La colonne se met en marche. Après deux ou trois kilomètres, dans une pénombre déjà épaisse, elle traverse ce qu'il faut bien appeler un champ de morts. Des dizaines de cadavres plus ou moins alignés, parfois entassés. Au milieu de ces ombres qui exhalent une écœurante odeur de charogne gémissent des blessés en attente d'évacuation. Sur un sentier reliant plusieurs entonnoirs au fond desquels croupit une eau sombre, un homme à la jambe fracassée tend une main implorante vers la compagnie de François en réclamant à boire.

Un poilu quitte la colonne pour répondre à son appel et se fait brutalement rappeler :

– Soldat ! Revenez !

– S'il vous plaît, mon lieutenant… !

– Je sais, mais il faut garder votre eau, parce que vous en aurez bientôt besoin autant que lui. Allez, rejoignez le rang.

Le blessé, comprenant qu'il sera cette fois encore aban-donné à sa souffrance, profère des insultes qui résonnent comme des cris de bête. François en a l'épiderme qui se hérisse de dégoût. Et plus loin, voici qu'ils sont à nouveau suppliés par des malheureux ensanglantés.

– C'est pas possible, murmure le jeune homme, on n'est pas chez les Français, là.

Il l'ignore, mais dans l'autre camp, c'est le même horrifique spectacle.

20
Alerte aux gaz!

La compagnie atteint sa position, disloquée et au pas de charge sous un bombardement d'enfer. Derrière un éboulement de sacs de sable, un sous-officier accueille comme le Messie celui qui dirige la relève. Il a vite fait de lui passer le commandement et le pistolet lance-fusées. Il s'enfuit au pas de course, suivi d'une quinzaine de biffins qui sortent des trous comme des spectres pour s'évanouir presque aussitôt dans l'obscurité.

– A couvert! ordonne le sous-lieutenant.

– Et serrez les dents, lâche une voix.

François cherche à tâtons un endroit à peu près sec, mais le seul qu'il trouve est exposé aux tirs. Une balle siffle au-dessus de sa tête, et il cesse de faire la fine bouche. Il se laisse rouler dans le premier entonnoir un peu profond, et se recroqueville en chien de fusil pour attendre la fin de l'orage. Celui-ci va durer une bonne partie de la nuit, anéantissant tout espoir de s'endormir plus de quelques minutes. Et quand la canonnade s'interrompt, ce sont les plaintes déchirantes des blessés, abandonnés à leur sort, qui prennent le relais.

L'aube point enfin ! François se hisse au bord de son cratère. Le champ de bataille, fumant et gris, est jonché d'une quantité invraisemblable de morts. Les obus continuent de pleuvoir, de manière aléatoire, sans qu'on sache s'ils sont français ou allemands. En arrivant à Verdun, François a surpris un propos entre officiers : « Notre artillerie massacre autant des nôtres que des Boches. Si ça continue, nos artilleurs auront mérité la Croix de Fer[1]. » L'ordre est soudain donné de passer à l'attaque.

– A l'attaque de quoi ? demande François.

Une voix lui répond d'un autre trou :

– Cherche pas, fonce droit vers le soleil et crève en criant : « vive la France ! »

Les fantassins français quittent par dizaines leurs abris, qu'il s'agisse d'un trou d'obus, d'un pli de terrain ou d'un fortin à moitié démoli. Quelques-uns poussent des cris de guerre, sans doute pour se donner le courage de mourir en braves. Le mitraillage allemand commence. François se lève, péniblement, puis se met à courir, les articulations raidies par une nuit horrible passée dans le froid et l'humidité. Les balles sifflent de toutes parts comme des insectes fous. Il saute dans un entonnoir au fond duquel il s'enfonce jusqu'aux genoux. Il pousse un juron en tirant sur sa jambe droite pour la libérer du piège de glaise qui émet des bruits de succion monstrueux. Le souffle d'une explosion le renverse, pareil à une grande claque dans le dos. Les oreilles lui sifflent, il est un peu sonné... mais sorti du bourbier. Il peut retourner au massacre.

Alors des voix résonnent :

– Les gaz ! Les gaz !

1. Croix de Fer : médaille militaire allemande.

C'est aussitôt l'affolement. Les poilus interrompent l'assaut, enlèvent leur casque et se hâtent d'enfiler leur masque à gaz. François laisse échapper le sien qui glisse sur la pente de la marmite. Il se jette à plat ventre et le rattrape juste avant qu'il n'atteigne la fange. Une odeur douceâtre d'oignons frits pénètre dans ses narines. Sans se relever, souffle bloqué et la tête en bas, il plonge le visage dans l'engin de torture à claustrophobe. En quelques secondes, les rondelles de verre devant ses yeux se couvrent de buée, l'aveuglant totalement. Mais le pire, c'est qu'il ne peut plus respirer ! Sa course et sa peur ont accéléré son souffle plus que ne l'autorise le système de filtration à cartouche. Il suffoque comme un asthmatique, commence à voir des étoiles. Il faut qu'il se calme, il le faut absolument, sinon il ôtera son masque et s'emplira les poumons de phosgène[1].

Bras écartés, allongé sur le dos, les doigts crispés dans la boue, il s'efforce de retrouver une respiration régulière, « lente et régulière, lente et régulière », se répète-t-il.

– Eh ben, mon François, ce sera pas pour cette fois, lâche-t-il d'une voix rendue nasillarde par son masque.

Il soulève prudemment celui-ci. L'odeur de cadavres putréfiés mêlée à celle des explosifs est revenue, rassurante. Il peut replier et ranger son groin. Il le fait en chantonnant, comme si tout était terminé. Ce n'est que le début...

Sitôt le nuage mortel emporté par le vent, l'ennemi lance une contre-offensive. Des dizaines de Français, portant toujours leur groin de métal, se font massacrer par les Allemands. D'autres sont pris dans l'énorme

---

1. Phosgène : gaz de combat.

langue de feu d'un lance-flammes. Les hurlements des victimes sont à peine couverts par les détonations et les explosions. Une grenade lancée par un biffin fait sauter les réservoirs du monstre, transformant son porteur en une abominable torche vivante.

François assiste à ce spectacle depuis sa position, car le gros du combat se déroule quatre ou cinq cents mètres au nord. L'ennemi s'en prend à une position fortifiée, au sommet d'un mamelon, qui constitue une excellente position de tir pour l'artillerie légère et les mitrailleuses. Des shrapnells éclatent au-dessus des combattants, massacrant sans distinction Français et Allemands. Un ordre claque :

– On se replie ! Sur la position R3 !

Après quelques minutes de galopade d'entonnoir en entonnoir, François fait une découverte affreuse.

2I
La dernière volonté d'Émile

François s'accroupit près d'un jeune soldat étendu au fond d'un énorme trou d'obus. Le malheureux halète et tousse, les poumons brûlés par le gaz. Ses yeux ne sont plus que plaies.

– Alphonse ! Alphonse, c'est moi, François !

Le blessé fronce les sourcils, puis grimace un sourire

– Salut… J'ai… respiré la merde des Boches, articule-t-il d'une voix rauque.

– Je t'emmène !

Alphonse se laisse soulever tout en continuant de bre douiller :

– Je suis un Branquignole, François… un vrai con. J'ai oublié mon masque… au troquet ! Un vrai con…

François le charge sur son épaule en lui passant un bras entre les jambes. Grimaçant et soufflant, il sort du trou à genoux. Puis il se dirige en titubant vers les lignes françaises. Alphonse suffoque et vomit, implore son ami d'enfance de le « laisser crever ici » ! Le tonnerre des déflagrations et les sifflements des balles reprennent. Mais François tient bon. Il trébuche, s'effondre et se blesse aux côtes sur un éclat d'obus, coupant comme un bout de verre Alphonse ne réagit plus. Il a perdu connaissance. « Tant mieux ! » se dit François, il n'en sera que plus facile à sauver. Avant de se relever pour repartir, il décide de se donner un moment pour reprendre son souffle, gardant son ami allongé sur son dos. Un mugissement dans le ciel lui fait lever le nez. C'est un gros noir, à coup sûr, un obus de 150 qui achève son vol en cloche. Dans la terre molle, il va s'enfoncer profondément avant d'éclater, ce qui limitera les dégâts. François n'a pas le temps de rouler dans un trou ; l'explosion démentielle soulève des tonnes de terre qui s'abattent en mottes énormes, l'ensevelissant à moitié. Groggy, les oreilles sifflantes, il met plus d'une minute à retrouver ses esprits. Il se redresse péniblement, se tâte et se regarde pour constater les dégâts. Apparemment, il n'est que contusionné. Il saigne d'une oreille. Son pouce droit l'élance douloureusement. Ce serait tout.

— Eh ben, murmure-t-il.

Il repense brusquement à son ami. Il a disparu !

— Alphonse !

Le souffle de l'explosion a littéralement balayé le jeune homme, l'éjectant à plus de trois mètres. Seule sa jambe droite émerge de la terre et de la pierraille. Tel un chien déterrant son os, François dégage le linceul terreux. Un visage blême aux joues creuses apparaît, qu'il gifle doucement. Sans résultat. Il plaque deux doigts sur la carotide… C'est fini : Alphonse est mort.

La guerre ne respecte aucun deuil. Les obus de 75, ceux de l'artillerie française, se mettent à pleuvoir en hurlant comme des harpies. Il faut déguerpir. François se relève. Un dernier regard au chef des Branquignoles, et c'est à nouveau la course à la vie.

Une mitrailleuse crépite quelque part ; une des balles fuse vers lui. Elle le fauche alors qu'il passe d'un trou à un autre. Il roule dans la boue en poussant un cri, puis cet appel maintes fois entendu : « Touché ! »

Dans le jardin potager de sa ferme, Émile s'arrête de bêcher. Une sueur froide lui mouille le front, tandis qu'une violente douleur lui vrille la poitrine et le bras gauche. Il se retourne, grimaçant. La détresse se lit dans ses yeux clairs.

— Joséphine. Jo… Joséphine ! articule-t-il.

La fermière, à quatre pattes au milieu des potirons, lui répond :

— Ouais, qu'est-ce tu veux, mon Mile ?

Elle se retourne et le voit s'effondrer au milieu des salades.

— Oh, Dieu ! Dédé ! Dédééé !

Avec l'aide du commis, elle porte son mari jusqu'à son lit.

— Va chercher le docteur, Dédé, vite ! ordonne-t-elle.

— Et le curé ! ajoute Émile en ouvrant un œil.

— Oui eh ben, celui-là on n'en a pas besoin, pas avant la prochaine guerre !

Le docteur arrive dans la soirée, s'excusant de ne pas avoir pu venir plus tôt. Il ausculte le sexagénaire. Son diagnostic est vite fait.

— Alors docteur ? s'enquiert Joséphine, un mouchoir sous le nez.

— Il deviendra centenaire, cet homme-là ! assure-t-il.

Mais son regard dit exactement le contraire. Émile n'est pas dupe. Une fois le médecin parti, Joséphine vient lui tenir la main. Elle s'efforce de sourire et de garder un ton enjoué.

— Tu nous as fichu une sacrée trouille, mon Mile. Me fais plus jamais ça ou je… ou je…

Sa voix s'étrangle. Émile la considère avec tendresse, puis gravité.

— Écoute-moi, Joséphine. Je ne vais pas mourir ce soir, mais dans une semaine, ou un mois, ce sera réglé...

— Mais non ! s'insurge la fermière.

— Mais si, et tu le sais bien. J'veux pas partir sans revoir mon François. Et pis, j'ai eu une idée. Comme je vais mourir et que ça fera forcément revenir mon ch'tit pour l'enterrement, je veux qu'il en profite pour se marier avec Lucie. On aurait dû le faire quand ils étaient tous les deux là, mais bon... On dira que c'est ma dernière volonté. T'es d'accord, ma mie ?

— Évidemment que je suis d'accord ! bredouille Joséphine entre deux sanglots. Mais je suis pas d'accord pour que tu me laisses !

— Bah, tu me rejoindras bien assez tôt. Tu vas écrire une lettre pour le commandant de François et une autre pour Lucie. Va voir le maire, qu'il s'occupe de faire vite parvenir tout ça à nos gamins. Et pis je vais te dire, on sait jamais, peut-être qu'ils se marieront avant que je claque. (Il sourit.) T'imagines, si le jour de ma mort est le plus beau de ma vie ? Après celui de notre mariage, bien sûr... et pis de la naissance de notre ch'tit asticot, et pis...

Il ferme les yeux et lâche dans un murmure, avant de s'endormir :

— Je mettrai le costume de mon mariage...

22

La mort en traître

François grimace en se tenant la jambe droite. La balle lui a traversé la cuisse, apparemment sans lui sectionner l'artère. La « fine blessure » en somme. Avec les quelques autres qu'il a reçues par-ci par-là, il va bien rester six mois en convalescence ; il se peut même qu'il n'y retourne jamais, au casse-pipes. Il se laisse aller contre la pente de la marmite et contemple le ciel en souriant. Les nuages de fumée d'obus et d'incendie défilent rapidement, sans parvenir à cacher tout à fait l'azur du ciel. Dire que sans cette saloperie de guerre, il ferait un temps superbe, un temps à aller cueillir les marguerites dans les prés, avec Lucie.

– Ah, Lucie, ma Lucie, soupire-t-il, aux anges.

Il déboutonne sa vareuse puis sa chemise et tire la figurine de bois peint qu'il serre sur son cœur à en avoir les doigts blancs. Sa plaque d'identification, accrochée à un cordon noir, se met à luire sous le soleil qui réapparaît enfin. Aussi incroyable que cela puisse paraître, François est content. Le voilà bien blessé et convaincu de retrouver sa fiancée et ses parents dans un délai raisonnable. Une vilaine idée lui traverse cependant l'esprit : « A condition qu'on ne me laisse pas crever dans ce trou ! »

Combien de poilus, atteints comme lui de blessures plutôt bénignes, sont finalement morts d'épuisement ou d'infection, faute d'avoir pu être brancardés vers un poste de secours ? Une angoisse l'étreint, qu'il s'efforce de chasser en s'obligeant à ne penser qu'à son amour, à ses champs et aussi à son père, bourru mais doux comme un ours en sucre. Le sommeil finit par le gagner.

Un choc sourd fait vibrer la terre, le réveillant en sursaut. Il se frotte les yeux, regarde autour de lui et étouffe un cri d'effroi en découvrant, de l'autre côté de la marmite, un obus de 75 fiché dans le sol. S'il avait éclaté, le pauvre serait mort sans s'en apercevoir, en rêvant d'amour tendre. L'objet, dont seul le culot émerge comme une grosse boîte de conserve, fume légèrement. Quelle veine !

Et soudain il explose !

François se recroqueville sur lui-même en poussant un long gémissement. Sa vie s'échappe dans la boue par de multiples plaies. Durant un moment, une éternité, il lutte contre la mort, la rejetant avec révolte, tour à tour l'injuriant et la suppliant. C'est son dernier combat, mais il est sans espoir. Puis une sensation de froid l'envahit. Son sang s'écoule en même temps que sa vie lui échappe. Il finit par perdre toute sensation. Le visage de Lucie s'impose à ce qu'il lui reste de conscience. Au plus profond de son âme, il l'appelle, lui parle, l'embrasse… l'aime, l'aime ! Ses muscles se relâchent et sa plaque d'identification dont le lien s'est rompu disparaît dans la boue.

Le fracas des armes cesse enfin pour lui, pour l'éternité.

23
Le malheur
frappe plus que de raison

Quelque temps plus tard, deux soldats, porteurs d'un brancard vide, parcourent le champ de bataille sur lequel résonne à nouveau le chant des oiseaux. Ils semblent ne pas savoir par où commencer leur tâche macabre, tant sont nombreux les cadavres, plus ou moins démembrés, plus ou moins gonflés par la putréfaction. Le brancardier de tête repère dans un entonnoir un mort qui attire son attention, car il serre entre ses doigts un objet qu'il devait porter au cou, mais dont la chaînette est brisée.

– Celui-là ! s'exclame-t-il en le désignant du menton.

Après avoir posé leur brancard, les deux hommes dévalent la pente, puis examinent rapidement le cadavre.

– Pas de portefeuille. Pas de plaque. Un disparu de plus, marmonne l'un.

– Bon, on le prend ? s'impatiente l'autre.

– Attends.

Le brancardier vient de trouver dans une poche de poitrine du soldat une petite photographie carrée, le portrait d'une adolescente aux yeux rieurs. Il la montre à son camarade.

– Mignonne, fait celui-ci. Alors, on l'prend oui ou non ? s'énerve-t-il.

– Oui ! Minute !

L'homme essaie d'ouvrir en vain la main rigide du cadavre.

– Qu'est-ce que tu fiches, André ?

– Rien. Je regarde ce qu'il avait autour du cou.

– Tu le vois bien, un gri-gri ! Mais le pauvre gars, ça ne l'a pas beaucoup protégé, murmure-t-il pour lui-même.

Son camarade André considère la partie haute de la figurine de bois peint que serrait avec violence ce jeune biffin au moment de sa mort. Il lui trouve une ressemblance avec la jeune fille de la photo. C'est sûrement elle... Un étrange malaise l'envahit, comme si un sacrilège avait été commis.

– Allez, on l'embarque ! décide-t-il sèchement.

Ils placent le soldat sur la civière, qu'ils emportent à travers le terrain crevassé.

Au village, une semaine plus tard, le maire reçoit un télégramme, un de plus. En découvrant le nom du dernier mobilisé « mort pour la France », il lâche un juron. Puis il se gratte le crâne, indécis.

– C'était pas le moment, marmonne-t-il.

Finalement, il se résigne. De toute façon, un peu plus tôt ou un peu plus tard...

– Mais ça va l'achever, l'Émile, murmure-t-il encore.

Il arrive en fin de matinée à la ferme. Alertée par Rosette, Joséphine, les traits tirés de fatigue, sort de la maison pour accueillir le visiteur. Elle croit qu'il vient prendre des nouvelles de son homme, ce qu'il commence d'ailleurs par faire :

– Alors, ça va comment, ce matin ?

– Pas bien fort, soupire la femme. Le docteur lui donne quelques jours. Monsieur le curé l'a confessé hier soir.

C'est la fin, tu sais, Joseph, et notre François qu'est toujours pas revenu. Émile n'arrête pas de le réclamer. C'est que je sais plus quoi lui dire, moi !

Le maire est pâle comme un linge. La fermière s'en rend compte.

– Ça va pas, Joseph ? Tu veux un remontant ?

– Joséphine, faut que je te dise quelque chose...

Dans la chambre, à l'étage, Émile entend comme une plainte venant de la cour. Il a reconnu Joséphine. Un épouvantable pressentiment l'étreint, accroissant brutalement ses douleurs dans la poitrine.

– Bon sang de bois, qu'est-ce qui se passe ? s'interroge-t-il.

Aussi vivement que le lui permet son cœur usé, il écarte les draps, s'assoit sur le lit, se lève. Le souffle court, il marche avec difficulté jusqu'à la petite fenêtre. En bas, il découvre sa femme assise par terre, comme après une chute. Elle sanglote, le visage dans une main. M. le maire est là, accroupi près d'elle, qui ne sait comment la réconforter. Émile se mord le poing. Un mot sort de sa bouche, comme un dernier souffle :

– François !

Lucie reçoit une lettre de sa mère le jour même de son arrivée dans sa nouvelle affectation. Elle a bataillé avec une farouche détermination pour obtenir cette mutation dans un train-hôpital basé tout près de Verdun, et elle n'en est pas peu fière. Maintenant – elle en est persuadée – elle pourra voir son François plus souvent que n'importe quelle épouse de soldat. Car ils vont se marier ! Mais dans quelles terribles conditions ? Celles où le malheur d'une fin s'unira au bonheur d'un com-

131

mencement. Elle a été avertie dix jours plus tôt par Joséphine de la dernière volonté de l'Émile. Bien sûr, ses propres parents ont été mis au courant et ont donné leur accord. Quant à François, il doit déjà être informé. Il ne reste qu'à obtenir de part et d'autre, et vite, les permissions nécessaires. Lucie s'y emploiera dès aujourd'hui.

Depuis ce message de la mère de François, la jeune femme est la proie d'un tourbillon infernal de sentiments contradictoires et d'anxiétés multiples. Vivement que tout cela soit fini, vivement ce mariage. Comme elle sera heureuse ! Mais comment cacher son bonheur alors que le père du marié sera aux portes de la mort, voire décédé ?

Le cœur battant, elle décachette l'enveloppe, persuadée que sa mère lui écrit pour lui donner des nouvelles d'Émile, mais aussi l'informer sur les préparatifs de la noce. Elle sort la feuille sur laquelle est écrit un texte singulièrement court.

– Lucie, je peux vous voir un instant, s'il vous plaît ?

C'est l'aide-major. Elle se retourne pour acquiescer d'un signe de tête, puis commence à lire :

Ma chérie, le malheur a frappé plus que de raison. Non pas notre famille, mais c'est tout comme. Émile a succombé à sa maladie de cœur. Et puis, on a appris la disparition de François...

Lucie ne peut pas lire la suite. Tout s'arrête. Tout s'effondre. Ce qu'elle a toujours refusé d'envisager est arrivé.

24
La tombe d'un soldat inconnu

Début 1918, quelque part à l'est de Verdun, André croise dans un hôpital de campagne une jeune infirmière. Elle a le teint livide et le regard éteint des êtres sur lesquels s'est acharné le sort. Mais ce n'est pas cela qui le fait se retourner sur son passage. Ce visage lui en rappelle un autre. Un jour, en 1916, il a trouvé sur le corps d'un soldat une petite photographie. Jamais il n'a oublié ce cadavre, pourtant si semblable aux dizaines de milliers d'autres. Celui-là tenait dans sa main crispée une figurine de bois comme un martyr chrétien aurait pu le faire avec un crucifix. Et le visage de la jeune fille, sur la photographie, était toujours un an et demi plus tard dans sa mémoire... et dans son portefeuille.

– Mademoiselle ! appelle-t-il.

Lucie se retourne.

– Oui ?

« Ses yeux ! Ce sont les mêmes ! » pense l'infirmier avec autant d'émotion que s'il retrouvait une amie d'enfance. Mais comment lui expliquer ?

– Vous... vous êtes ici depuis longtemps ? demande-t-il pour établir le contact.

– Assez pour savoir ce dont est capable l'homme moderne. Vous cherchez quelqu'un ?

André saisit la balle au bond :

– Exactement ! Ça va vous paraître bizarre, mais… Voilà. En 1916, j'étais brancardier dans le secteur du fort de Vaux.

Les lèvres ternes de Lucie esquissent un sourire triste.

– C'est très bizarre en effet. Et alors ?

– Eh bien, j'ai trouvé quelque chose sur un mort.

Lucie a soudain l'intuition de ce que va lui annoncer cet homme. Elle pense au portrait en bois que François portait autour du cou.

– Surtout, se défend par avance André, je ne voudrais pas que vous croyiez que je pillais les morts. Ça non ! Mais, celui dont je vous parle… Avec mon collègue brancardier, on l'a fouillé pour l'identification. C'était la procédure, en quelque sorte. Il n'avait plus sa plaque et pas de portefeuille. Par contre, j'ai trouvé une photo sur lui.

Lucie se met à trembler et comme ses forces l'ont quittée depuis un certain jour de septembre 1916, elle demande à poursuivre la conversation dans un endroit calme où elle pourra s'asseoir. Ils vont s'installer dans le parc de l'hôpital, sur un des rares bancs de pierre que la guerre n'a pas détruit.

- Vous l'avez gardée, cette photographie ? demande Lucie.

– Oui. Je l'ai même sur moi.

André la sort de son portefeuille et la lui tend en observant sa réaction.

– J'avais à peine quinze ans, dit-elle avec une expression attendrie.

Elle lève les yeux pour dévisager le soldat, et dans son regard se lit toute la détresse du monde

134

– Vous savez où il est ? demande-t-elle d'une voix à peine audible.

– Oui. Demain, ou dès que nous pourrons nous libérer tous les deux, je vous y conduirai.

Quelques jours plus tard, André emprunte une ambulance pour conduire Lucie dans un secteur de la bataille de Verdun qui a sans doute été le théâtre des pires moments de ce qu'on appellera plus tard la Grande Guerre. Ils traversent les ruines d'un village, puis s'arrêtent au bord d'un champ dans lequel se dressent des dizaines de croix de bois. La plupart ont une plaque de zinc sur laquelle sont gravés un nom et une date. André aide Lucie à sauter un fossé, puis il la guide vers un carré où sont alignés une dizaine de tombes, dont une n'est pas identifiée.

– François est là, annonce l'infirmier, j'en suis sûr.

Lucie est incapable de parler. Elle contemple cet espace reconquis par l'herbe folle où reposent des jeunes hommes qui ne demandaient qu'à vivre, dont celui qu'elle aimait, qui est là, devant elle. Sa croix est renversée. Elle la redresse, arrache quelques mauvaises herbes en un geste symbolique. Puis elle s'assoit et demeure longtemps immobile, abîmée dans les souvenirs d'un bonheur perdu. André respecte son silence. Il patiente à l'écart, et songe que ce pourrait être lui, ce soldat inconnu.

Enfin elle se lève. Elle a pris une décision.

– François reposera ici, pour toujours, dit-elle à André. Je n'en parlerai pas à sa famille. Et, s'il vous plaît, je souhaiterais que cela reste notre secret.

– Bien sûr.

Ils repartent, dans le silence d'un deuil désormais partagé.

25
11 novembre 1920

Dans les mois qui suivent, Lucie revient autant de fois qu'elle le peut, avec André qui essaie de la voir autant que cela lui est possible. De tout le cimetière, que le conflit a continué d'alimenter, la tombe de ce soldat inconnu est la mieux entretenue. Puis, comme toutes les choses ont une fin, même les plus terribles, la guerre s'arrête. Lucie décide de continuer à se consacrer à l'aide aux blessés et aux malades. Elle complète sa formation médicale que la guerre avait faite sommaire et intègre un grand hôpital civil. Une année passe. Elle se marie. L'année suivante, elle accouche de son premier fils. Pourtant, rien ni personne ne l'empêche de se rendre au moins une fois dans l'année à Verdun, sur cette tombe qui désormais fait partie d'un grand et beau cimetière militaire. Le cantonnier qui s'en occupe connaît maintenant très bien cette aimable jeune femme, et veuve croit-il, qui s'intéresse à une sépulture sans nom. Étrange femme. Un jour, dévoré par la curiosité, il s'enhardit à la questionner. A sa grande surprise, elle lui répond, avec ce sourire doux et triste qu'il lui a toujours vu. En 1920, ils sont même devenus amis, comme on est amis dans la peine, car ce brave homme

137

prénommé Albert, a perdu deux fils, « un dans la Somme et l'autre ici, dans la boue de Verdun ».

Début novembre 1920, Albert apprend une nouvelle qui le fait bondir. Le commandant de région ordonne, sur demande expresse du ministre des Pensions, André Maginot, qu'un soldat dont on ignore l'identité soit exhumé, placé dans un cercueil de chêne, puis transporté à la citadelle de Verdun. Il y rejoindra sept autres dépouilles provenant de régions où les combats furent les plus meurtriers. Apprenant que le soldat choisi sera inhumé sous l'arc de triomphe et honoré au nom de tous les braves de 14-18, le cantonnier propose et obtient que le corps de François soit exhumé. Il se charge lui-même de la tâche, le 8 novembre.

Le cantonnier déterre un cadavre enveloppé dans une toile de tente raidie par le temps. Albert ne peut s'empêcher d'en écarter les bords pour examiner la dépouille.

– Qu'est-ce que vous faites ? l'interroge, presque indigné, le soldat chargé de le seconder.

– Je vérifie quelque chose. Allez chercher l'auto, s'il vous plaît.

La dépouille de François est transportée dans une casemate, transformée en chapelle ardente. Le cantonnier a repéré son cercueil parmi les huit exposés, en deux rangées de quatre, gardés par une compagnie de soldats. Le 10 novembre, le ministre Maginot préside la cérémonie de désignation du Soldat inconnu qui reposera sous l'arc de triomphe. Il s'avance vers une jeune recrue de la garde, fils d'un combattant mort pour la nation, dont on lui a soufflé le nom. Avec un air grave et martial, le ministre lui tend un bouquet d'œillets blancs et rouges et lui demande de le déposer sur l'un des cercueils.

Albert, qui assiste à la scène, sourit. Il connaît bien le

garçon qui circule entre les caisses de bois clair. Sans hésiter, le soldat dépose son bouquet et se met au garde-à-vous. L'émotion submerge Albert qui soudain repense à Lucie. Discrètement, il s'éclipse pour filer chez son frère qui possède un téléphone...

A quelques centaines de kilomètres de là, dans une immense salle commune d'hôpital, une infirmière est appelée par un collègue.

— Lucie, il y a quelqu'un pour toi au téléphone !

— Pour moi ? s'étonne la jeune femme.

— A ce qu'il paraît.

— Bien, j'arrive.

Elle borde brièvement son malade puis, vaguement inquiète, se rend d'un pas hâtif au bureau du médecin chef.

— Allô !

— Lucie, c'est monsieur Albert !

— Oh, bonjour ! s'exclame l'infirmière, soulagée. Que se passe-t-il ?

— Une grande nouvelle ! Vous êtes assise ? Figurez-vous que...

Le cantonnier lui raconte, en détail, la cérémonie de désignation du Soldat inconnu, puis il conclut :

— Voilà. Comme ça il sera bien à l'abri, votre François, et comme qui dirait au centre du monde.

— Mais enfin, Albert, pourquoi ? Pourquoi avez-vous fait ça ? Vous n'auriez jamais dû... Mon Dieu, qu'avez-vous fait ?

L'homme ne s'attendait pas à une telle réaction. Il se tait quelques instants, puis explique d'une voix vibrante d'émotion :

— Au-dessus de lui, il y aura une flamme qui brûlera

toujours. Ils ont dit que ce sera la flamme du courage et de la fidélité. Je voulais que ce soit aussi la flamme de l'amour. J'ai rien fait de mal, je vous assure. Et puis, nous serons les seuls à savoir, vraiment les seuls, je vous le jure.

Avant de raccrocher, il donne une dernière information à Lucie, si bouleversante qu'elle éclate en sanglots.

Paris, 11 novembre 1920. Les Champs-Élysées et la place de l'Étoile où se dresse l'arc de triomphe sont noirs de monde. On vient assister à une cérémonie émouvante durant laquelle le cercueil du Soldat inconnu, après avoir traversé Paris, sera déposé sous le monument édifié par Napoléon à la gloire des armées de la République. Parmi la foule qui se presse pour voir arriver le cortège funèbre se trouve Lucie, vêtue de noir. André, son mari, s'occupe de leur enfant, mais il a préféré rester à l'écart, veillant sur elle de loin. Posé sur un affût de canon, le cercueil approche, recouvert du drapeau national. Lucie saisit un objet dans son sac à main. Il s'agit d'une figurine de bois à la peinture écaillée, qu'elle porte à son cœur en la serrant violemment entre ses doigts.

Au moment de passer à sa hauteur, un des chevaux de l'attelage mortuaire bronche et provoque l'arrêt de la colonne. Figée, Lucie fixe le cercueil. A l'intérieur est allongé un jeune homme brun, à la peau légèrement hâlée par le soleil de printemps. Il paraît dormir en souriant, tenant sur sa poitrine une petite sculpture… Lucie rouvre les yeux alors que le cortège repart. Elle est alors bousculée dans un mouvement de foule. Une femme éructe :

– Holà ! Ça va pas, la tête ? De toute façon, y' a rien à voir !

140

– Ah, la ferme, la vieille ! Un peu de respect, réplique un homme.

Lucie sent ses jambes se dérober sous elle. Une main la soutient.

– Viens, allons nous asseoir quelque part, tu veux bien ?

– Oui. Merci, André. Allons-y...

NOTE HISTORIQUE

Une guerre mondiale...

Dans une clairière de la forêt de Compiègne, à la 11e heure, du 11e jour, du 11e mois de la cinquième année de la guerre, autrement dit le 11 novembre 1918 à 11 heures, était signé l'armistice. Ce texte signifiait la fin des combats, sur l'un des principaux fronts de la Première Guerre mondiale entre les armées allemandes, d'une part, et les armées alliées (françaises, britanniques, américaines...) d'autre part.

A partir du mois d'août 1914, la Grande guerre a d'abord vu s'affronter des pays européens. D'un côté les alliés de l'Entente, derrière la France, le Royaume-Uni et la Russie, de l'autre les alliés des Empires centraux, derrière les Empires allemand, austro-hongrois et ottoman. Leurs armées se sont battues sur plusieurs fronts : à l'ouest, en France ; à l'est, en Russie ; au sud-est, dans les Balkans et en mer Noire, sans oublier l'océan Atlantique où les Allemands ont mené longtemps une guerre sous-marine pour couler les navires venant ravitailler leurs ennemis. Mais cette guerre européenne est rapidement devenue mondiale, car les autres pays du monde, à commencer par les États-Unis qui ont participé à la guerre aux côtés de la France et du Royaume-Uni à partir d'avril 1917, ont tous été concernés par ce conflit. Ils ont envoyé en Europe des troupes, des marchandises, des armes, des vivres... jusqu'à la défaite finale des armées allemandes et de leurs alliés.

... *et totale.*

Pour la première fois dans l'histoire, la guerre n'a pas été seulement l'affaire des militaires, mais de l'ensemble des sociétés mobilisées pour la victoire : hommes, femmes, enfants, vieillards... C'est à ce titre que l'on parle d'une guerre totale qui a exigé l'effort de tous. Au front bien sûr, où des millions de soldats s'affrontaient, mais aussi à « l'arrière » où les États ont mis en place une économie de guerre, c'est-à-dire une organisation permettant à la fois de produire une impressionnante quantité d'armes, de ravitailler les armées au combat, de persuader tous et toutes de la nécessité de sacrifices inouïs pour gagner. Car c'est bien de tenir qu'il s'est agi pendant la plupart de ces 1541 jours de guerre.

Les états-majors avaient prévu une guerre de quelques semaines, elle fut longue, très longue même. Les armées se sont littéralement enterrées dans des tranchées, gagnant et reperdant quelques dizaines de mètres au prix de milliers de victimes dans de sanglantes batailles dans la Somme, à Verdun. aucun des deux camps ne parvenant à enfoncer les lignes ennemies, malgré l'emploi d'armes de plus en plus terrifiantes, qu'elles soient « classiques », comme l'infante rie ou l'artillerie, ou nouvelles comme les gaz asphyxiants, les chars et l'aviation.

Pourquoi ?

Les Européens se sont en grande majorité résignés à cette guerre, malgré les sacrifices qu'elle a exigés, les souffrances abominables qu'elle a provoquées pendant plus de quatre ans La propagande, qui n'hésitait pas à mentir sur les réalités de la guerre, la répression contre tous ceux qui exigeaient l'arrêt des combats, et des négociations de paix... ne suffisent pas à expliquer pourquoi les Européens ont manifesté dans chaque camp une si incroyable patience. D'autant plus étonnante que les raisons de cette guerre n'étaient pas très claires. Il est facile de décrire l'enchaînement des événements qui a conduit au conflit, à partir d'un attentat terroriste contre un membre de la famille impériale autrichienne à Sarajevo, François-Ferdinand, le 28 juin 1914. Mais les historiens ne s'accordent guère sur les causes réelles de cet épouvantable conflit.

Après la guerre

Les conséquences de cette guerre, que l'on a pu qualifier à juste titre de « boucherie », sont en revanche bien connues : les morts, les invalides, les « gueules cassées », les veuves, les orphelins... se comptent par millions à l'heure du bilan. Par ailleurs, bien des corps affaiblis par les privations n'ont pu résister à la terrible épidémie de grippe espagnole à peine les combats achevés, en 1918. Les régions où ont eu lieu les combats sont dévastées pour longtemps, des richesses formidables ont été gaspillées, des empires ont disparu, la domination exclusive des Européens sur le monde fut remise en cause...

La guerre a donc rendu impossible le retour au « monde ancien ». Le monde a basculé dans un nouveau siècle, le vingtième, à la fois tragique et porteur d'espoir, qui pour bien des historiens ne commence réellement qu'après ce terrible conflit.

CHRONOLOGIE

28 juin 1914	Assassinat du prince héritier de l'empire d'Autriche-Hongrie à Sarajevo
28 juillet-3 août	Déclarations de guerre réciproques des principaux belligérants
3 août 1914	Les troupes allemandes envahissent la Belgique et pénètrent en France
5 septembre 1914	Bataille de la Marne. Les Français arrivent à stopper l'avancée allemande
Décembre 1914	Le front Ouest est stabilisé en France de la Lorraine à la mer du Nord. Début de la guerre dite de « position »
Février et mai 1915	Défaites russes face aux Allemands puis aux austro-hongrois
7 mai 1915	Un sous-marin allemand coule le paquebot *Lusitania*. De nombreux civils américains trouvent la mort ce qui émeut fortement l'opinion outre-Altantique
6 septembre 1915	Les Russes arrêtent l'avance austro-allemande
Septembre 1915	Échec de l'offensive française en Champagne

Février-octobre 1916	Les Français contiennent une offensive allemande à Verdun
Juillet 1916	Échec de l'offensive anglaise en Somme
16 mars 1916	Abdication du tsar russe Nicolas II
6 avril 1917	Les États-Unis déclarent la guerre à l'Allemagne et à ses alliés
Avril 1917	Échec des offensives anglaises et françaises
Octobre 1917	Lénine et les Bolcheviks prennent le pouvoir en Russie
3 mars 1918	La Russie bolchevique signe une paix séparée avec l'Allemagne à Brest-Litovsk
Mars-mai 1918	Échec des offensives allemandes en France
8 août 1918	Début de l'offensive victorieuse anglo-française
11 novembre 1918	Armistice et capitulation de l'armée allemande
28 juin 1919	Signature du traité de Versailles

ARTHUR TÉNOR
L'AUTEUR

Arthur Ténor est né en 1959 en Auvergne, où il vit toujours. A dix-huit ans, il s'est réveillé un matin avec une idée de roman et s'est mis au travail sur-le-champ. Un peu plus tard, il a rencontré avec bonheur l'auteur René Barjavel, dont les conseils se sont révélés décisifs. Depuis, il est devenu consultant-formateur de profession, mais n'a jamais cessé d'écrire, par passion, en « explorateur de l'imaginaire » comme il aime à le dire. Ses romans pour la jeunesse témoignent de son goût pour l'aventure, le mystère et l'histoire. Aux éditions Gallimard Jeunesse, il a déjà publié *Jeux de surprises à la cour du Roi-Soleil*, dans la collection Drôles d'Aventures, *Guerre secrète à Versailles*, dans la collection Hors-Piste, et la série *Les chevaliers en herbe*, dans la collection Folio Cadet.

TABLE DES MATIÈRES